今日、となりには君がいない。

Today, you don't stay next to me.

Ichigo Shimizu
清水 苺

Illustration: eihi
イラスト――えいひ

「ホントにっ、
なんでもないから。
ばーか！」
これは、凛が僕に向かって初めて笑った日の話。
僕にとってこの日は最も大切な日であり、
最も愛すべき記念日であり、
最も待ち望んでいた日であり……。
そして同時に。
風に揺れる麦藁帽子を、両手で押さえながら
見せてくれたあの笑顔が最後。
凛は僕の前から、姿を消した。

成宮さんは満面の笑みで
はしゃぎまわりながら
そこら中をきょろきょろと見回す。
笛や太鼓の音がした。沢山の人がこっちへ向かって
歩いてくる。その一方で、僕達と同じ方向へ
向かう人達も沢山居て、暑いし道が狭くて息苦しい。
そういう雰囲気がまさしくお祭りらしくて好きでは
あるのだけれど、成宮さんの元気の良さは半端じゃなくて、
どんどん僕の前を歩いていくと、楽しそうに叫ぶ。

「早く行こ行こ!」

朝霧 凜
Rin Asagiri
荻野卓也
Takuya Ogino

凛の母親
神田麻利亜
Maria Kanda
成宮詩花
Shiika Narumiya

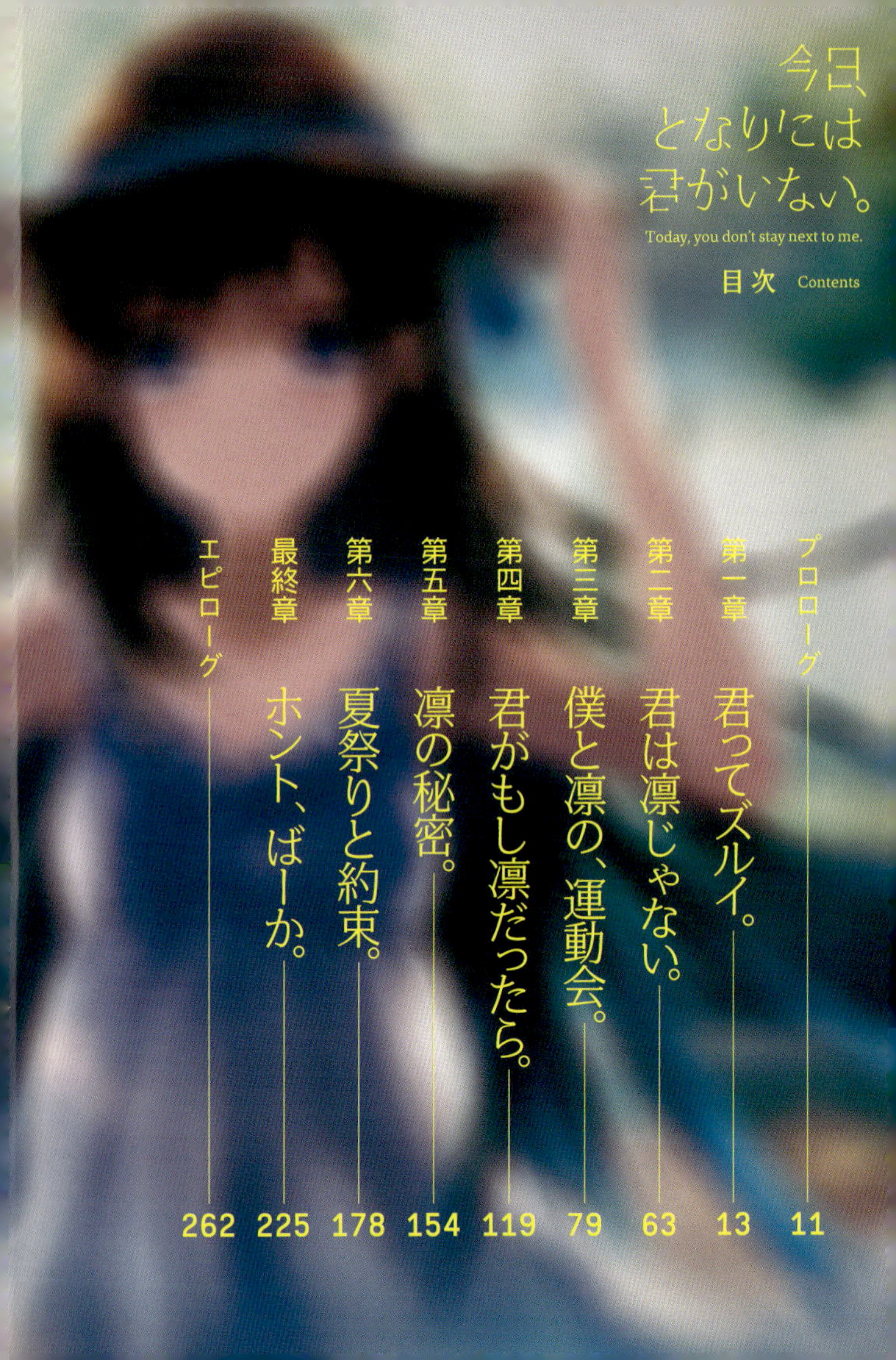

今日、となりには君がいない。

Today, you don't stay next to me.

目次 Contents

今日、となりには君がいない。

清水 苺

講談社ラノベ文庫

口絵・本文イラスト／えいひ
デザイン／有馬トモユキ（TATSDESIGN）
編集／庄司智

プロローグ

幼い頃の私は、毎日が楽しくて仕方がなかった。日々泥だらけになるまで遊んで、家に帰れば優しい笑顔で家族が迎え入れてくれる。温かいご飯を食べ終わると、私はぐっすりと温かいベッドの中で眠る。

そういう、当たり前の幸せな日々。

眩《まぶ》しく照り付ける陽ざしの中、私はまた、目を覚ます。

洋服に着替え、朝食を食べると、私は駆けだした。赤い鳥居に向かって、私は全速力で走っていく。

「＊＊ちゃん！」

「凜《りん》ちゃん！　こっちこっち！」

そこには、大切な友達が居る。私の、一番大切な、とってもとっても大切な友達が。

今では、名前も思い出したくないような、その人が。

「今日はなにして遊ぶの？」

「まずは、神様にお願いをしてから考える！」

私は手水舎《ちょうずや》で体を清めると、石段を駆け上がって、ポケットに入っていた十円玉を賽《さい》賽銭箱《せんばこ》に投げ入れた。鈴を鳴らし、頭を深く二回下げると、二回拍手《かしわで》を打ち、目を閉じる。

「＊＊ちゃんの病気が、治りますように！　＊＊ちゃんの病気が、良くなりますように！
＊＊ちゃんの――――」
「凜《りん》ちゃん……」

「＊＊ちゃんばっかり、可哀想です！　私が代わってあげたいくらい……可哀想です！」

幼い頃の私は、どこまでも真っ直ぐな性格だったと思う。駄目なものは駄目だと思っていたし、身近な人が困っていたら助けなければならないと思っていたし、私に出来るなにかがあったなら、その全てをするべきだと思っていた。

今思えば、自分は世間知らずだったのだろう。

自分の行いに対する報いは、必ず返って来るのだと信じていた。自分が優しくすれば、皆から優しくされるのだと、信じていた。

「神様！　どうか、＊＊ちゃんの病気を治してください！」

毎日神社にお願いをしに行って、毎日私はそう願った。

そして神様は、幼い私の願いを本当に叶えてくれたのだ。

でもその代償は、あまりにも大きすぎて。

目も当てられない現実を前に、私は静かに目を瞑《つむ》った。

第一章　君ってズルイ。

『笑顔に当たる拳はない』

世の中には、そんな諺《ことわざ》があるらしい。この諺は僕がずっと昔、授業中先生の声をＢＧＭに、電子辞書を意味なく弄《いじ》くっていた時に知った諺だ。ちなみに、「笑顔」と検索すると下の方に出てくる。どうやら広辞苑《こうじえん》によると、笑顔の相手には殴りかかる事も出来ない、という意味らしかった。

その通りだ。

僕はその諺を見つけた時、素直に首を縦に振ってしまった。その諺に、僕が屁理屈《へりくつ》で対抗する気など起こるわけがない。

だって僕が、そうなんだ。

あの日のせいで、僕は君を憎めない。あれから二年が経った、今でも。

僕はあの日、夢を実現し、同時にもっと大きくて大切なものを失った。そして大切なものを失ってしまったせいなのか、今もなお。

いろんなものが、僕の身体から失われていっているように思う。

†　†　†

僕達がまだ中学三年生だった、二年前の夏。とある小さな公園で、僕は凛《りん》と会っていた。終わった過去をいくら思い出しても現実は変わらないのだけれど、それでも僕は、何度も何度もその過去を反芻《はんすう》する。

それはいつしか癖になった。それはいつの間にか、僕自身の生きる希望となった。過去に縋《すが》り、過去に想いを浸し、日々を生きる。決して楽な生き方ではないけれど、他に縋るものなどなにもない僕は、今日もまた同じ記憶を繰り返す。

恋って、つくづく難しいものだと思う。全ての恋がお伽噺《とぎばなし》のようにハッピーエンドで終わるなんてそんなのはあり得なくて、冷たい現実はいつだって、そこら中に息を潜めている。

これは、そんな話。

「あっついねー。アイス、バニラがいい？　チョコがいい？」

「うーん、と……バニラがいいかな」

「じゃあ、はい。バニラアイス。スプーンもあげるね」

真夏の太陽の下、僕は朝霧《あさぎり》凛という女の子となんて事ない会話をする。凛の、胸につくくらいの長さまである美しい黒髪が、さらさらと風に揺れた。彼女の被っていた麦藁《むぎわら》帽子がその風で飛ばされそうになって、凜は右手でつばを押さえる。真っ白な清潔感のあるワンピースが、僕の目の前で靡《なび》いた。凜のシャンプーの匂いがここまでしてきて、僕はその香りに目を細める。

凜は僕の渡したカップのアイスを開けて、一口頬張る。どうやらお気に召したらしい。凜はちょっと口を尖《とが》らせた。これは、美味《おい》しいものを食べた時の凜の反応だ。

「美味しい？」

「えっと、その……うん。美味しい」

小さい頃は、誰かを好きになるって事そのものに憧れていた。

それはとても幸せなもののように思えた。誰かを好きになるという事実自体がとても神聖なもので、愛し合う二人が手を取り合って同じ道を進んでいくのは、美しく素晴らしいものであると。

どれだけ希望を失いそうになっても、僕はそれだけは確かなものであると信じていた。

誰かを愛するのは素晴らしい。

誰かを愛せるなんて、幸福だ。

誰に言われたわけでもなく、僕はそれを頑《かたく》なに信じ続けて、やがて僕はある人を好きになった。

しかし、その初恋は、実らず終わった。

「良かった！　じゃあ僕のチョコも一口食べる？」

そんな僕が、次に好きになったその人は、決して笑わない人だった。

なにを考えているのかも、なにを抱えて生きているのかも、なにも教えてくれない人だった。

僕は自分が食べていたチョコアイスを凛《りん》に差し出す。凛はそれを食べたそうにとろんとした瞳で見つめた後、ハッとして目を閉じると首をぶんぶんと振った。

「そ！　それはっ、その」

「ん？　なあに？」

僕が尋ねると、凛はおそるおそる口を開く。

「それだと、かんせ……キ……に、なっちゃう」

「いいよ？　凛なら」

僕はあっさり快諾する。

すると、凛は顔を真っ赤にして糾弾した。

「よ、よくないっ。それは中学生にあるまじき不純異性交遊！　犯罪っ」

「喰《く》らえ！　チョコアイスパーンチ」

まだるっこしくなって、僕は自分のスプーンでチョコアイスを掬《すく》うと、それを凛の口に突っ込んだ。凛は驚いた顔で僕を見て、それからチョコアイスが美味しかったのかまた口を尖《とが》らせる。

その後、凜は口からスプーンを取り出すと、俯《うつむ》きながら恥ずかしそうに、顔を綻ばせた。

僕はその顔を見て、自分の目を疑う。

「あれ？　り、ん……？　もしかして、今……」

笑っているの？　と、訊《き》こうとした。だって、僕はたった今目の前で起きている事に、自信が持てなかったのだ。でも、そんな質問は無意味なものだって事くらい、すぐに分かる。

誰がどう見たって、凜は、笑っていた。

「勝手に、チョコアイス突っ込むな、ばーか」

そう言いながらも、凜は笑顔のままだ。

僕はそれが信じられなくて、信じられないほど嬉《うれ》しくて、僕の方まで笑顔になる。

「凜っ！　凜っ！　凄いよ！　ちゃんと笑えているよ！　その調子！」

「笑うなんて簡単だもの。赤ちゃんでも出来る」

「じゃあどうして今まで笑ってくれなかったんだよ！」

「……なんとなく」

今までの僕の苦労を「なんとなく」で片付けるな。

「まあ凜だから許す！」

――――でも、そんな幸せな日常なんて、いつまでも続くわけがなかったんだ。

「ねえ。荻野《おぎの》は、私を、これからも――――」

「今度はなあに？　凜《りん》」

互いの名前を呼び合う。名前を呼べば、返事が来る。

それがどれだけ幸せな事か、尊い事か、僕は分かっていたはずなのに。

「……ううん。やっぱなんでもない」

「なんでよ。言いたい事は全部言って？」

凜は真っ直ぐこちらを見て、笑顔のまま、口を開く。

「ホントにっ、なんでもないから。ばーか！」

これは、凜が僕に向かって初めて笑った日の話。

僕にとってこの日は最も大切な日であり、最も愛すべき記念日であり、最も待ち望んでいた日であり……。


そして同時に。

風に揺れる麦藁《むぎわら》帽子を、両手で押さえながら見せてくれたあの笑顔が最後。

凜は僕の前から、姿を消した。

……僕は己の無力を知った。

†　†　†

あれから二年。僕は高二になった。あれは確か中学三年生の頃の話だったから、僕の計算が間違っていなければおそらく二年前だ。

「好き、です。付き合って、ください」

「はい？」

そして僕は今日、クラスメートの畑中《はたなか》さんに告白された。

いやいや、それじゃあ全然この状況の説明になっていない。これではあまりにも唐突過ぎる。正確には……。

遡る事昨日、僕は下足箱に入っていた一通の手紙を受け取った。

その手紙に書いてある内容によると、どうやら翌日の朝、僕に屋上まで来て欲しいらしい。僕は一度頼まれたら断らない主義だ。というわけで今日、約束の時間に屋上までやって来た。そして現在、この状況に至っている、と。そういうわけだ。

先ほどの回想で僕が言いたいのは、ただ一つだ。

凜はある日、失踪した。

ただ、それだけだ。

けれど、当時クラスが一緒だった人達も、勿論《もちろん》この僕も、誰もなにも彼女の失踪の理由を知らなかった。

加えて、凜《りん》の失踪とほぼ同時期に、僕の周りでおかしな現象が起こり始める。

それは。

クラスメートのみんながある日を境に、朝霧《あさぎり》凜に関する全ての記憶を失ってしまった事。

意味がよく分からないと思うかもしれない。僕自身もよくは分かっていないのだが、この学校に何日も通って理解した事実を端的に述べると、まさに先ほど言った通りなのだ。

要するに誰も、朝霧凜を覚えていないのだ。

ぽっかりと穴が開いたように、凜に関する記憶だけが、僕以外のどのクラスメートの中にも、存在していない。

他の記憶は全て残っているのに、凜がそこに居たという記憶だけが、なくなっている。

それって普通に考えて、おかしくないだろうか？

事実、僕は凜がどこへ消えたのかを校長に訊《き》きに行った。だが、退学届を受理した事すら忘れてしまったらしく、話が通じない。警察に凜を探してもらおうと考えた。しかし、警察は最初こそ捜索願を受理してくれたが、一向に凜が見つかる気配はない。一年後、痺《しび》れを切らした僕が警察にもう一度凜をきちんと捜索してくれと頼むと、そんな捜索願は貰《もら》っていない、君はなにを言っているんだ、と変人扱いを受ける。

誰もが、一度は凛を認識した。けれど、しばらくするとその認識は跡形もなくなってしまう。みんな、凛を忘れてしまうのだ。

だけどそれを言ってしまったら、もっとおかしな点が一つある。

ならどうして僕だけは、二年という月日が経った今でも、朝霧凛を覚えているのだろう。

みんなと僕が異なる点と言えば、僕は彼女に恋をしていたぐらいなものだ。僕は真っ直ぐ、どこまでも真っ直ぐに、彼女に恋をしていた。

「畑中《はたなか》さん」

僕はどうしてと思いつつも、勝手に姿を消した凛を、想像の中でさえ殴れない。勝手に居なくなったという怒りはある。でも、笑顔のまま消えていった彼女を、完全には憎めないでいるのもまた事実だ。

全くもって、皮肉な話だと僕は思う。

「はい」

どうしてこう……凛は良い感じに消えたのだろう。ズルイ。もし僕に一切笑顔を見せないで姿を消したら、なんだったんだアイツは、と今でも憎き思い出として僕の心の片隅に留めておけたはずなのに。そうだったら、どんなに僕の心は救われただろうと思うのに。

ねえ、凛。どうして君は、笑って僕の前から消えたんだい？

「……ごめん。付き合うのは無理だ」

これで、いいのか？

僕は心の中で幾度も自問自答する。だって、こうして僕に想いを伝えてくれた人を、あまりにも単純な理由でその想いさえ踏みにじろうとしているのだ。

だけど今でも、凜《りん》が好きだから。

僕に最後笑顔を見せてくれた凜が、今でも心から好きだから。

凜は生きているのか、死んでいるのか。僕を覚えているのか、いないのか。全部全部分からない。知る由《よし》もない。

それでも、僕は彼女が好きだから。

「そう……ですか。ごめんなさい」

僕はなぜか、学校の屋上で畑中《はたなか》さんに謝られる。いやいや、僕が悪いんです。

「いや。君に謝られると……その、ねえ。困るから。君は悪くないんだ。本当に。だからその、謝らないで。僕の方こそ、ごめん」

「いや……なんかごめんなさい」

「だから、謝らないでってば」

僕は畑中さんに、心の中でも深々と謝った。ごめんなさい。

「えっ。で、でも」

畑中さんは俯《うつむ》きながら、もじもじとなにかを呟《つぶや》いている。僕はそんな畑中さんに対して、心底申しわけなく思った。

凜。

いい加減、鬼ごっこはやめにしよう。互いにもう、それをして楽しいと思う年齢を過ぎたじゃないか。僕達は、高校二年生だ。十六歳だ。

凜。

君は、一体僕の人生をどれだけ狂わせれば姿を現してくれるんだ。残された方の気持ちになってみろ。そりゃ確かに、所詮は僕の片想いだった。でも……片想いでも、相手が勝手に消えたら、腹が立つもんだ。

いっそ、荻野《おぎの》なんて世界一大嫌いっ！　とでも言って消えてくれたのなら。僕は君を忘れられたのかもしれない。君を忘れる決意を、この二年で出来たのかもしれない。

でも、君は違った。

君は僕に、笑いかけてきた。そしてその後、勝手に消えた。

それがどれほどまでに残酷なものか。

相手に光を差し伸べておきながら、一方その光の主は姿をくらますなんて。一度光に魅入られた者は、その光をもう一度見たいと思うのが自然というものだろう？　そんなの、才色兼備な凜になら、容易に想像出来たはずなのに。

責任転嫁する気なんてさらさらないけど、今日も僕は、君のせいで人を傷つけたよ。

君が勝手に消えたせいで、君の気持ちは今日も分からずじまい。それ故《ゆえ》に僕の恋心は暴徒と化し、今日もまた平然と他者を傷つけていくわけだ。

「ねえ、畑中《はたなか》さん」

僕は猛暑、というか酷暑の中、畑中さんに言葉を紡いでいく。

「ごめんね。全部、あの子が悪いんだ」

畑中さんは小首を傾《かし》げ、僕の言葉を頭の中でぐるぐると回転させているようだった。きっと僕の言葉の意味が、彼女には理解出来ていないのだろう。

でも、それでいい。それで、いいんだ。

「だから、これからも友人として、宜しくね？」

「……はい」

僕は好青年の笑みを浮かべ、畑中さんを傷つけた。

ああ。今日も僕は他者を傷つけ、踏みにじり、自分の想いを貫き通す。

それがどれだけ辛いか、君は分かっているの？　凜《りん》。

君は僕なんて、これっぽっちも興味がなかったかもしれない。それは僕自身が凜ではないのだから分からないけれど。

僕は君が好きだよ？　だから。

僕は君を待ち続けるって、決めたんだ。

† † †

この学校の名前は、『守衛《しゅえい》高校』と言う。ちなみに国立で、共学だ。この高校には附属の中学校が沢山あり、僕はそのひとつである守衛中学にかつて通っていた。一学年二百人近くいる生徒の内、殆どがこの高校にエスカレーター方式で上がる事が出来る。というわけで、この学校には入学式の時から顔見知りが沢山居た。

そもそも、僕と凜が出会ったのは、中学三年生の春だった。出会ったばかりの僕は、凜とここまで仲が良くなるとは思っていなかったと思う。

桜の花びらがはらはらと舞い散るその日、僕はなにを考えていたのだったか。

確かあの日、僕は一人で本を読んでいた。本のタイトルは、なんだったっけ。当時流行っていた小説だったはずだけれど、今すぐには思い出せない。正直に話すと、凜に出会った日、僕は散々な目に遭った。

僕はざわつく教室の中で一人、ふと昔を回想する。

君はどうしようもないくらい不器用で生きるのが下手糞《へたくそ》な人だよ。でも、だからなんだと思うんだ。

僕が君を、もっと知ろうと思ったのは。

† † †

「あーんもう！　上手く編み込み出来ないよ！」

「五月蝿《うるさ》いなあ。私が代わりにしてあげるよ？」

「んん……私は自分で出来るようになりたいの！」

「不器用のくせしてなに言ってんのよ」

「だって、だって、だって！」

ざわざわとした教室。休憩時間ならではの走り回る光景や、一つのイヤホンを使って恋人同士が一緒に音楽を聴く姿。それはとても当たり前の光景で、僕はそれに対して疑問を抱くはずがなかったけれど、疑問ではなく文句なら、一つだけあった。

それは、僕が今本を読んでいる最中だというのに、隣の席からの五月蝿い声が自分の耳に否応なしに入ってきて、なかなか読書に集中出来ない！　という事だ。

「違うってば！　編み込みはここをこうして……」

「ああああ！　さっちんの馬鹿あ！　手放しちゃったじゃん！　またやり直し！」

「あのねえ……」

どうでもいい会話が、僕の鼓膜を侵食する。編み込みなんて、他人に任せてさっさとやらせればいい。そういうわけにもいかないっていうのが、ちょっと僕には理解出来ない。

「そう言えば、昨日のテレビ見た？　あの俳優出てたよ」

「え？　嘘《うそ》！　録画してない！　ああっ！　また手放しちゃった！　今度こそさっちんのせいだから！」

「はあ？　アンタって奴は……」

「別に、いいんじゃないかな？」

もう、我慢の限界だった。でも、ここで怒ってしまえば僕の負けだろう。

僕は日頃、この学校では好青年キャラで通っている。そこで僕は、自分に出来る精一杯の柔和な笑顔を浮かべながら二人に話しかけると、当然の如く二人はきょとんと目を丸くした。

教室の窓の外では、可憐《かれん》に桜の花びらが舞っている。鳥が空を切る様にして横切った。

でも、今はそれよりも二人が五月蠅くて、外なんて見ている場合じゃない。僕はぱたんと本を閉じると、静かに机の上に置く。そして彼女の方をちらと見ると、笑顔で続けた。

「君はさ、今のままで十分可愛いんだから、もっと今の自分に自信を持てばいいのに」

隣の席に座っていたその少女は、茶色の髪をしていた。ふわりとした髪が、火照《ほて》った顔によく似合う。右手につけたシュシュも、白いカーディガンも、鞄《かばん》についたピンクのクマのぬいぐるみも、彼女らしさを強調していた。口を開く度、八重歯が見える。なんだか、その八重歯がとても印象に残った。

「あ……え？ そ、その……」

「だから、さ？ 髪をとかしたら？ 君は、そのままの方が絶対に可愛いよ」

「は、はあ……⁉」

彼女の顔が、真っ赤に染まる。茹蛸《ゆでだこ》のようになった頬は、ピンクのチークも相まって、真紅に色づいた。その視線は定まらず、まぶたはぴくぴくと痙攣《けいれん》している。

あまりにも唐突だったのだろうか。急に話しかけられて、対応に困っているのか。まあ、今のは事実だから別に構わないだろう。彼女も不快には思っていないようだし、僕はもう一度にこやかに微笑みかけると、席を立った。

やはり、休み時間は本を読むべき時間じゃない。こんな五月蝿《うるさ》い空間で、本を読める人間の方が驚きだ。僕はそこで、誰か話せる人がいないものかと辺りを見渡す。

笑い声。叫び声。手を叩《たた》く音。

どこか退屈で、つまらなくて、でも平和だと思うこの世界。

そして僕は、そんな世界の中で、この世のものとは思えぬ美しい少女の顔を見つけた。

この時の季節は春。ちなみに四月だ。中三になってまだ間もないこの頃、僕は初めて見るその顔に魅了された。

美しい。

この三文字に尽きる。挙動不審な感じを見る限り、性格には少々難がありそうだったが、そりゃなんでも揃《そろ》っていたら人間不公平だ。あの性格はおそらく、この世の人間を公平に分けるために彼女に与えられた負の部分なのだ。

とにかく、それくらい大目に見ようじゃないか。

凛々《りり》しい真っ黒な瞳。艶やかな、胸の辺りまで伸ばされたその黒髪は、思わず触りたくなるようなさらさらな髪だった。

僕はその清楚な女の子に、いつになく胸を躍らせた。

そう。

僕が凛《りん》に興味を持ったきっかけは実に単純で、一目惚《ひとめぼ》れだった。

彼女は他の誰よりも美しかった。惹《ひ》かれるものがあった。彼女と話してみたい、という欲求に僕の中で歯止めを利かせられなかった。

全ては、この出来事がきっかけで、僕と凛の物語は始まるのだ。

もっとも、この頃はまだ、顔が可愛いなってくらいだった。誰にだって、クラスで一人くらいはタイプの女の子が居るだろう。凛も、第一印象ではその程度だった。

可愛いし、美人だし、話さないのは勿体《もったい》ない。所詮は、その程度。仲良くなれないならそれでもいい。傍から見ているだけでも僕は良かった。

そもそも、僕が好青年として生きる理由は、なにかと都合が良いからだ。好青年を演じておけば、とりあえずいろんな面倒から解放される。人に憎まれるよりは、愛された方が平穏に日々を過ごせるだろう。僕は面倒事が嫌いだ。僕は常に、自分にとって最善の選択肢を選んできたはずだった。だって、好青年を演じる僕は偽物なのかもしれないけれど、世の中不良よりも好青年が好まれるのだから。

僕は凛《りん》という存在を知るまで、世の中を上手く渡り歩くにはどうしたらいいかだけを考えて生きてきた。勉強も出来たし、苦労はあまりない。運動もそこそこ出来るし、生まれた時から、上手く生きる方法みたいなものを、知っていた。

もっとも、僕は一度だって失敗した経験がないわけではない。失敗は何度もある。大きな失敗も、小さな失敗も。むしろ、今まで沢山失敗したからこそ僕が好青年を演じるようになったと言っても過言ではない。

僕は一度決めたら、もじもじと考えず、すぐに行動に移してしまうタイプだ。一度決めたら、僕は他人になんと言われようと考えを曲げない。そういう人を、世間一般では頑固と言うのだろう。

僕はそのまま、おもむろに少女の元へと駆け寄った。

「ねえ、名前はなんて言うの？」

僕は胸を高鳴らせて少女に尋ねる。

少女はちら、と僕を横目で見ると、驚いたように一度目を見開き、おどおどと答える。

「凛。朝霧《あさぎり》、凛」

朝霧凛。

へえ。凛、ねえ。

凛の見た目はませてはいない。見た目はあくまで中三だ。身長も見た感じ百六十センチ弱、一般的な中学生の体格だ。あえて他者と区別をつけろと言うのなら、全く笑顔を作らないその表情だろうか。でも、やっぱり美人だからそこに居るだけで綺麗《きれい》だ。オーラが違う。

こんな可愛い子を、どうして僕は中三になるまで知らなかったのだろう。一年の時から他のクラスに遊びに行くとか、女の子についてリサーチをするとか、色々しておけばよかった。

僕はもっと凛の事が知りたくなり、口を開いた。

「ねえ。今なにしてるの？」

見ると、凛はなにやら一冊のノートに文字を書いていた。僕がそれを覗《のぞ》き込《こ》むと、彼女は咄嗟《とっさ》にそのノートを閉じる。どうやら、見てはいけないものらしい。

「その、えーと。いつまでそこに居るの？　あと何分何秒？」

「うーん。休み時間が終わるくらいまでかな」

「じゃああと三分四十三秒ね。長いわ……。うん。長い。こういう時はどうすればいいのかしら。『出来る！　会話マニュアル』今持ってないし……」

「ん？　マニュアル？」

「なんでもない。なんでもないから！　ただの独り言、です！」

どうやら、彼女はコミュニケーションスキルに問題があるらしい。道理で、こんなに可愛いのに男子が周りに居ないわけだ。

僕は一旦退《ひ》こうかと思った。でも、一度退いたらもうずっと話さないのではと思い、口を開く。

「朝霧《あさぎり》さんって、なにか部活動とかしてるの？」

会話が続かない相手に対する、社交辞令的な質問。部活動なんて、会話を繋《つな》げる材料みたいなものだ。

すると、凛《りん》は打って変わってそっと呟《つぶや》く。

「ねえ、荻野《おぎの》、君。……その、今日の放課後、空いてる？」

「ん？　急にどうしたの？」

いきなり僕は凛にそんな質問をされ、正直戸惑った。

凛は一体なにを思って僕を誘ったのか。他人の考えなんて、僕の頭の中で考えても答え

なんか出るわけがないのだが、考えずにはいられなかった。

でもなんだかんだ言って、僕に言える答えは同じなのだ。

僕は笑顔で答えた。

「勿論《もちろん》、空いてるよ」

凛《りん》は僕の言葉に、大いに満足したようだった。

「そう？　なら今日の放課後、五時。この教室の前の廊下で、待ってて」

「分かった。待ってるよ」

すがすがしい口調で僕が返答すると、凛は席から立ち上がり、そっぽを向いて教室から出て行ってしまった。

僕はふうっと息を吐くと、やがてある疑問が浮かんでくる。

「あれ？　そう言えば、荻野《おぎの》って……」

僕は、凛に自分の名前を教えた記憶は、一度だってない。

じゃあ、どうして彼女は……。

「まあ、いっか！」

僕は席に戻ると、隣が随分と静かになったようだったので、鼻を鳴らして本を開いた。

この時凛はなにを思い、なにを感じ、なにを願ったのだろう。

僕には未だに、その答えが分かりそうにない。

でも、二つだけ言える。

この時の凛は、とてつもなく寂しそうで、哀しそうだった事。

そしてこの時の凛は、僕が嘘《うそ》つきであるが故《ゆえ》に覚えた違和感なのだろうか。

まるで彼女は、自分にまで嘘をついているように見えた……という事だった。


放課後の五時。僕は凛に言われた通り、教室の前の廊下で凛とのこれからについて妄想しながら待っていた。鞄《かばん》を床に置き、しばらくの間呆《ほう》けたように彼女を待っていたような気がする。

そして僕は腕時計で、今現在の時刻を確認した。

「まだかな」

時間は五時五分。もう五分タイムオーバーだ。でもまあこれくらいはまだ許容範囲だろう。

僕はあまり、時間に五月蠅《うるさ》い方じゃない。そりゃあどっかの国の人みたいに、三時間も四時間も遅れてくるような奴はさすがに待てないけれど、五分くらいの遅れなら許せる寛大さは持っている。

「まあ、そろそろ来るか！」

……一時間が経過した。

「な、なんだと……」

ここでようやく、僕は腕を組みながら、考えたくもない可能性を、考えてみる。

まさか、これはあれか？　一応予想できる結果ではあるのだけれど、実際にされるとは思っておらず選択肢から除外していた、あれか？　あれなのか？

僕ってまさか、すっぽかされた？

「くっそお……あの女！」

僕は手にしていた鞄《かばん》を、思いっきり床に投げつける。

完全に騙された。誘うだけ誘って来ないって、一番最悪なパターンじゃないか。だが、まさかあの子に騙されるとは。あんな、コミュニケーション能力皆無のただ美人なだけのあの子に！

僕は頭に血を上らせながら、仕方なく鞄を拾い上げて背負う。

もし、僕が凜《りん》に騙されて一時間も廊下で待っていたなんて中学からの悪友である佐藤《さとう》あたりに知られたら、きっと一日中、いや一週間は馬鹿にされるに違いない。

「あれ？　荻野《おぎの》。まだ学校に居たのか」

と思ったところでどうして登場するんだ佐藤！

「ちょ、ちょっと考え事してたらこんな時間になっちゃっただけだよ、気にすんな！」

「なにムキになってんの？　まさかあれ？　女の子に呼び出されて待っていたら一時間待っても女の子が来なかったみたいな？」

図星だよこの野郎。こういう時だけ当てにくるんじゃねえよ！

「違う！　そんなことあるわけないだろ！」

頭に血が上って、顔が火照《ほて》っている。水を思い切り頭から被りたい気分だ。

「あ、そう言えばさあ。お前、今日朝霧《あさぎり》と喋《しゃべ》ってたよな？　少し」

「はあ？　しゃ、喋ってないから！」

もう頭が真っ白になってきた。

「どうしたんだよ？　まあいいや。その、朝霧がさ」

「僕が朝霧さんの事なんて、待ったりするわけないだろ⁉」

「え？　もしかしてずっと朝霧を待っていたのか？」

「違うって言ってるだろ！」

「でもその朝霧が、屋上の花壇で意識を失って倒れてたって、今大騒ぎなんだよ」

「えっ？」

僕は途端に冷静になる。

倒れた？　意識を失って？　僕と、なにげない話をした女の子が？

それって、あの時と同じ――――。

僕はそこまで考えて、ぶんぶんと頭を振る。違う、あの出来事は、今関係ない。

「そのせいで、ほら。バスケ部の顧問って保健の先生だからさ、急遽《きゆうきよ》部活中止。てか、お前この時間までマジなにしてたん？　荻野《おぎの》？　ちょっ、荻野ー？」

僕はなんだか落ち着かなくなって、迷わず保健室に向かって走り出した。


「朝霧《あさぎり》さん！」

「静かに！」

開口一番、保健室に居た先生に怒られた。

僕は保健室に入ると、ベッドで寝ている女の子に近寄っていく。凛《りん》はぐっすりと心地よさそうに眠っていた。特に、異常はなさそうだ。僕は安心する。

ああ、良かった。彼女はきっと、目を覚ましたら、きちんと僕を見てくれる。

僕が凛の顔を覗《のぞ》き込《こ》んでいると、先生は凛が起きないように囁《ささや》く。

「ただの過労よ」

「ただの、ですか」

「？　まあいいわ。そんなのより、これ。この子のすぐ傍に落ちていたの。目が覚めたら彼女に返しておいて」

先生は、そう言って僕にそれを渡す。

それは、僕が話しかけた時に凛が一人でせっせと書き込んでいたノートだった。僕に中身を見られたくないのか、凛が咄嗟《とっさ》に隠したものだ。きっと、彼女はこれを僕に見てもらいたくはないのだろう。見たと知ったら、凛は怒るだろうか。

けど、今凛は眠っている。ちょっとくらい、見たってバレはしないんじゃないだろうか。というか、見たい。すっげー見たい。事実、僕はちょっとくらい怒られたってそれが見たい。見なかったのを後悔するよりも、見たのを後悔したい。僕はそういう人間なんだ！

僕は誘惑に負けて、そっとそれを開く。

そこには、びっしりと文字が書きこまれていた。一瞬目がくらんでしまうほど、そのノートは文字で埋まっている。どうやら、なにかの計画書らしい。ところどころに図形が書かれてあり、周りにカタカナでなにかの名前のようなものが書いてある。

「花？」

多分それは、花の名前だった。この図形は、花壇だろうか。花壇にどのような花を植えるか、凛は試行錯誤しながら考えていたようだった。他にもなにか書いてあるのかとパラパラとノートをめくっていると、最後のページに目が留まる。

そこには、想像していなかった一文が残されてあった。

『荻野卓也《たくや》という男子が話しかけてきた。正直驚いた。人と話すのは久しぶりだ。今度こそ仲良くなれるだろうか。とりあえず、帰りに花壇を手伝ってもらうっていうのはどうだろうか。決してそこまで仲良くなりたいってわけではない。それだけは言っておかないと』

「なに、これ」

自分しか見ないノートに言いわけをしているのが面白くて、思わず笑ってしまった。こんなのを見せられたら、人と話すのに慣れていないのがすぐに分かってしまう。僕はまたページをめくる。そこにも、日記らしいものが書かれている。このノートはどうやら、計画やその日あった事を記す、自由帳のようなものだった。

『今日はクラス全員の名前を覚えた。ただ、電車内でちらっと見たら全員覚えられただけだ。折角覚えたし、話しかけてくれるなら、話そうと思う』

「いや自分から話そうよ」

また僕は噴き出しそうになる。不器用過ぎる彼女の心の内に、僕は思わずツッコんだ。だけど、同時に僕はそれを新鮮に感じる。

僕は人生で一度でも、こんな感情を抱いた事があっただろうか。誰かと仲良くなるためにあーだこーだ考えて、必死に努力した過去が、僕にはない。上手く泳いで、危険はさらりとかわす。そういう、僕の生き方とは正反対の姿が、そこにはあった。

このノートはきっと、僕の知らない感情で埋まっている。馬鹿馬鹿しくてちょっと笑っちゃうものも多いけど、ここに書かれているのはきっとなによりも美しく純粋な感情だ。僕がどこかに置いてきてしまったそれらのものは、彼女の中で、まだ生き続けている。

僕は興味深くなって、申しわけないと思いつつも読み進めた。

『みんなが昼休み、談笑している。楽しそうだ。でも私は寂しくないし、友達なんて居なくてもいい。ただ、いつも独りでいると退屈だ。それに独りで教室にいるのはなんとなく辛い。そうだ。園芸委員だし花壇を作ろう』

「ぷふっ」

どうしてそういう話になるんだろう。

凛《りん》は要するに、寂しいけれど、寂しくないって強情を張っているだけだ。友達が欲しいけれど、友達なんて要らないと言っているだけだ。

友達が欲しいなら、話しかければいい。そんなの、とても簡単だ。

僕はそうやって、教室内でもそれなりの地位を築き上げ、話せる友達も多く作り、運動も勉強も常に上位の成績を取り続けたのだから。先生にだって気に入られているし、これからもずっと、それは変わらないはずなのだから。

僕にとって、それは簡単だった。苦労する必要のない、簡単で単純な話だった。

でも、凛にとってはきっと、そうではないんだ。凛はそれを、簡単だとは思えないんだ。

「……変なの」

まるで凛《りん》は、僕と正反対だ。

器用な僕には、不器用な凛の気持ちが分からない。もっと上手く生きればいいのにって、そう思う。

倒れるまで色んな事をあれこれ考えて、本当はだれかと話したいくせにああやって反応に困る態度ばかりとって、結果倒れて僕との約束を反故《ほご》にして。馬鹿なんじゃないの？　僕はそう思う。

君がやりたい事は学校の緑化計画ではなくて、ただ友達を作りたいってだけなのに、どうしてそれにすら気付けないいんだ？　進むべき方向性を誤っている。普通はすぐに気付けるだろう。こんな風に一人ノートと向き合いながら悶々《もんもん》と考え込んでいるなんて、僕には考えられない。

そう、考えられない。僕には想像もつかない。

だけど、僕がどこかに置いていったその感情が、この子の全てなんだ。

「なに、勝手に見てるの？」

「え？」

僕は顔を上げる。そこには、もう目が覚めたのか、凛が体を寝かせたまま顔だけをこちらに向けて恥ずかしそうにぷるぷると震えている。

僕は凛に向かって微笑むと、笑顔で言った。

「ごめんね？　凛。見ちゃった」

途端、凛は真っ赤になって、怒り出す。

「ふ、ふざけるなっ！　変態！　返せ！」

「ごめんごめん」

「あと、凛って呼ぶなっ！」

「それは呼んでほしいとみた」

君は発言と思考が正反対みたいだからね。

「は、はあ？　もうっ！　馬鹿っ！　あほっ！」

「凛もかなりのお馬鹿さんだけど」

「ち、ちがっ」

僕は凛にノートを返してから、思わずノートに書いてあった事をもう一度思い出して、笑う。すると、凛は余計に耳まで赤くしながら怒り出す。

「い、今！　思い出し笑いしただろ！　なにを！　なにを思い出した！」

「え？　別に？」

「馬鹿！　死ね！　うざいっ！　あっち行け！」

「いや、あっち行かない事にした」

「は、はあ？」

凛《りん》ががばっと上半身を起こす。保健の先生が怒るんじゃないかと思い後ろを向くと、いつの間にか先生は居なくなっている。保健室には、僕達しか居なかった。

僕はまた凛と向き合うと、言った。

「だって凛って、僕が隣に居ないと危なっかしいんだもん」

「……っ！」

「ね？」

最初は好きと言うよりも、好奇心の方が勝っていた。

彼女を見ているだけで、僕はこのどこか退屈な毎日から抜け出せるんじゃないかって、そう思った。

上手く生きすぎて、僕は退屈だったんだ。

刺激も危険もなにもない、この平和な日常を、どこか変えてみたかった。

「危なっかしくなんか、ないから！」

凛はむすっと頬を膨らませると、ベッドのすぐ隣にあった机に置かれていた鞄《かばん》の中から、プラスチック製のボールのようなものを取り出す。それを僕の顔に向かって思い切り投げつけると、「ふんっ」と鼻を鳴らす。

ベチャ

そんな音がした。

僕は黙って、その場に立ち尽くす。

僕の顔には、べっとりとオレンジ色のペンキのようなインクが、こびりついていた。

「変態には、お似合いね」

「……」

ぽたぽたと制服にインクが垂れる。僕は笑顔のまま、くるりと凛に背を向けた。

それから猛ダッシュでトイレに駆けだすと、僕は叫ぶ。

「くっそおおおおおおおおお！　覚えてろよあのおんなああああああああ！」

これが、僕と凛の、出会いだった。

†　†　†

あれから、随分と長い時間が経過した。あの日僕は初めて凛に出会い、今、僕の隣に凛は居ない。

僕にとってこの二年はとても長い時間だったが、みんなにとってはそこまで長い時間ではなかっただろう。今日も僕は、いつも通り一人で学校に登校する。

「なあ荻野《おぎの》。今日は転入生がやって来る日だって知ってた？」

僕は学校に到着すると、笠井夕輝《かさいゆうき》に話しかけられる。夕輝は僕と同じ帰宅部、要するに部活無所属組なのだが、僕のようにただやるのが面倒くさいという理由ではなく、生徒会執行委員をやっているから所属していないというちょっとエリート系の男子だ。眼鏡は掛けていないけど、掛けたら掛けたでそれなりに様になりそうな、端正な顔立ちをしている。そんな彼の髪は眩《まぶ》しいくらいの金色で、本人曰《いわ》く地毛らしいが、もしそうならどこか外国の血が混じっているのかもしれない。

そんな夕輝《ゆうき》とは中学からの付き合いだ。授業などでグループを組まされる内に仲良くなった。夕輝とは中学の時から出席番号が前後なのだ。あまり癖のない性格だと思うし、中学時代からの僕の悪友、佐藤《さとう》に比べたらこの金髪エリートは文字通り眩しいくらいちゃんとしている。

「へえ。そうなんだ。名前はなんていうの？」

凛《りん》の居ないこの現実世界に、僕は興味などない。でもまあ、一応訊《き》いてみた。

すると、笠井《かさい》は僕の素朴かつあまり興味はないのだけれど話を続けるために尋ねた、要するにどうでもいい質問に、いつもの口調で答えた。

「さあ？」

「じゃあ性別分かる？」

「うーん分かんないや。さっき教員室に名簿取りに行った時も居なかったし」

「そっか」

途端、僕は嫌な気配を感じ取る。

これは、例のあの、例によって例の如く現れる、ただのアホと噂《うわさ》の……。

「ようっ！　荻野《おぎの》。今日の数学のテストカンニングさせてくれ！」

佐藤の登場だ。

「朝一番に僕に対して言う言葉がそれか？　馬鹿なのか？　いやすまんお前は昔から致命的な馬鹿だったな」

「すまん。言い方が悪かった。訂正させてくれ」

「おう」

「俺はお前の名前でテストを受ける。だからお前は俺の名前でテストを受けてくれ」

「ふざけんな！」

佐藤とは、中学の時からの仲だ。バスケ部所属のスポーツ馬鹿で、正直どうしてこの高校に進学出来たのかが分からない。ちょっとぼさぼさな黒髪も、彼の馬鹿さを強調していた。だけれどよく考えてみたら、佐藤は僕が唯一好青年の笑顔を振りまかない素で接する相手かもしれない。

僕は日頃、そこまで大人数で行動するタイプの男ではないから、基本的には佐藤と笠井と一緒に居る。最初に僕が笠井と仲良くなったのだが、佐藤は誰とでも結構仲良く出来るタイプだから、すぐに笠井とも仲良くなった。基本的には佐藤を僕達二人が馬鹿にするという構成で会話が成り立っているケースが多い。

キーンコーンカーンコーン
チャイムが鳴った。これはＳＨＲ《ショートホームルーム》の時間の前に鳴るチャイムだ。

「じゃあ、また後で」

「くっそお……。持つべきは頭の良い友達だっていう漫画のセリフ、ありゃ嘘《うそ》だ。嘘っぱちだよこの野郎！」

笠井《かさい》と佐藤《さとう》は、それぞれ自分の席へと戻っていく。僕はそれを、黙って見送った。

担任が中に入ってくる。どうやら転校生は居ないようだ。となると、廊下でその転校生とやらは待たされているのだろうか。

まあ、僕にとってはどうでもいい。

起立、礼、着席。

誰も真面目にやらない恒例のそれが終わると、担任は言った。

「今日は、転入生を紹介します。成宮詩花《なるみやしいか》さんです。さあ、入ってきていいですよ」

三十歳くらいの女性の担任は、廊下に向かってそう呼んだ。

教室の扉ががらりと開く。僕は興味など全くなかったが、一応その顔は見ておいた。

黒髪。それはまるで凜《りん》のように、さらさらしたストレートの髪だった。顔は至って可愛く、そして美しい。それだけならまるで、凜みたいだった。強いて凜と異なる点を挙げるとするなら、笑った時に見える八重歯だろうか。

でもまあ、僕にはどうでもよかった。

何故なら、彼女は凛ではないからだ。

「成宮詩花です。両親の都合によりこの高校に転入する運びとなりました。これから宜しくお願いします」

「じゃあ、成宮さん。あそこの席にとりあえず座ってもらえますか？」

「はい」

教室中から、ひそひそと「可愛い」という声が聞こえてくる。それが全くひそひそじゃないところがなんとも言えない。絶対に本人にも聞こえているだろう。でも当の本人は、そんな周りの視線など物ともせずに席に座った。

なんと僕の隣。

どうしてこうなるかな。ぶっちゃけ僕は彼女に全く興味ないのに。凛が隣に来てくれたら良かったんだが、というか万々歳なのだが、哀しいかな、見知らぬ女の子だ。

「宜しくお願いします」

小声で話しかけられる。だがここで適当に返事をすれば、それは好青年ではない。好青年とは、第一印象で決まるものだ。

「うん。宜しくね」

僕は笑顔で成宮《なるみや》さんに言うと、成宮さんも嬉《うれ》しそうに頬を赤らめて、にっこりと笑った。

そして僕はまた頬杖《ほおづえ》をつきながら前を向き、妄想の世界へと旅立っていく。

これは、凛《りん》に出会ってから、少しの時間が経過した時の事。

僕が凛と、なんだかんだいって一緒に、紫陽花《あじさい》祭りに行った日の話。

† † †

この日は祭りだというのに雨が降っていた。降っていたと言っても小雨《こさめ》程度の雨量で、傘を差す必要はないかもしれない、くらいの微妙な天気だった。まあこれは、紫陽花を観賞する事を目的としているお祭りだから、小雨くらいの方が却《かえ》って丁度いいのかもしれない。この雨は祭りの演出の一部だと考え、僕はこの日、別段雨に苛立ちを感じはしなかった。

学校をたまには忘れたかったので、その祭りには一人で行った。僕は結構、一人が好きだ。勿論《もちろん》、凛みたいな完全なる孤独は御免である。でも、一人でどこかに行ったりするのは、たまにはいい。

僕は無地で紺色の傘を差しながら、数百という数の、様々な色をした紫陽花が咲くその通りを歩いていた。

すると、傘を持っていないのだろうか。誰かが髪を両手で押さえながら、紫陽花《あじさい》の中を風のように駆け抜けていった。まあ走るわけは分かる。きっとこの雨は、これから本降りになるだろう。傘がないなら、早く帰った方が安全だ。

僕はその女の子が自分の横を通り過ぎて行くのを、黙って見送った。

カッチャン

けれど同時にその時、なにかが僕の後ろで落っこちた音がした。僕は後ろを振り返る。そこには、水色のｉＰｏｄが雨に打たれながら地面の上を滑っていった。

僕はそれを拾い上げる。ｉＰｏｄは先ほど落っことされたせいだろうか、後ろに小さな白い傷跡がついていた。どうやらこれを落とした人物は、ケースを使用していないようだった。

「あのっ！」

僕はそこで、これを落とした張本人であろう走り去っていった女の子を引き止めようとする。だが、僕が呼び止めた途端、その女の子はびくっと肩を震わせ、余計にスピードを上げて僕から遠ざかろうとする。

「まさか、逃げるのか⁉　だが逃げられると、追いかけたくなるのが漢《おとこ》の性《さが》……！」

そこで僕は意地になり、その背中を追いかけていく。僕が追いかけていくにつれ、女の子の背中は確実に大きくなっていた。やはりこれが体格の差というものだろう。華奢《きやしや》な女の子との距離は最初、十メートルくらい離れていたはずだ。でも今では、手を伸ばせば肩を摑《つか》めそうな距離まで追いついてきている。

「待てって！　落としも……」

僕が右手をその女の子の肩までもっていくと、どうしても僕に自分の肩を触れてほしくないのか、急に足を曲げてしゃがみ込んだ。そしてすぐさま立ち上がり、今度は逆走しようとする。

「あっ。もしかして君……」

「――――っ！」

僕はこの時、ようやくその女の子の正体に気が付いた。

なるほど。道理で逃げ惑うわけだ。

彼女が走っていた理由は、単純に僕との距離を離したかったから。雨よりなにより、僕から逃げたかったからだ。

だと言うのに、彼女は運がないのか、僕の近くで自分の所有物を落としてしまった、と。

うん。ご愁傷様。これも『運命』だ。

凜《りん》。

「凜！　落とし物。はい」

僕は凜の手に、先ほど落としたｉＰｏｄを押しつけた。すると凜はむすっと口を尖《とが》らせ、また僕の前から消えようとする。僕はそんな凜《りん》の細い肩に手をかけ、無理矢理振り向かせた。

「待ってって。折角《せっかく》だし紫陽花《あじさい》見ないの？　結構綺麗《きれい》だよ」

「荻野《おぎの》が見たせいで、腐っちゃったんじゃないのっ？　紫陽花！」

凜は保健室での一件以降、毒を含んだ言葉が増えた。まだ凜はあの日の事が許せないらしい。僕が今日こうして走って落とし物を届けてあげたというのに、この態度は酷い。

でも僕は全く折れずに凜に言い返した。

「まだ腐ってないよ。現にほら。まだ元気に、とっても元気に咲いてるじゃん」

僕は後ろを振り返り指さす。僕達の後方十メートルには、紫陽花がまるで絨毯《じゅうたん》のように敷き詰められて咲いていた。

その姿はとても綺麗だ。僕は良い気分になって、ついこんな質問をしてみる。

「そう言えば凜、紫陽花の花言葉って知ってる？」

「花言葉とか覚えている男って、素直に気持ち悪いと思う！」

「紫陽花の花言葉は『貴方は美しいが冷淡だ』だよ」

バチバチイッ
互いに火花が飛び散る。最近気付いたのだが僕達は互いに負けず嫌いらしい。

先手は凜。こめかみをピクピクさせながら、彼女は言った。

「へえ？　で？　なにが言いたいの？」

一方、僕は終始にっこり笑顔だ。

「いやあ。どっかの誰かさんにそっくりだなあって」

「ふうん？　まあ、私は紫陽花、嫌いじゃないけど？」

「やっぱり？　自分にそおーっくりだもんねー」

「またペイントボール投げられたい？」

「やっぱり凛って可愛いね」

「ほ、ほへ⁉　どこ、どこでどういう風になったら、そういう話になるのかさっぱり！」

はい僕の勝ちー。

凛は落ち着かない様子で僕から目を逸らすと、諦めたのか口を開く。

「まあ、仕方ない。今日のところは、仕方ないから貴様と紫陽花を見てやらなくもない」

「うん。じゃあついでに笑って？」

「死ねっ！」

僕は凛の右手を引っ張った。凛は驚いたように目を見開き、俯《うつむ》き加減に歩き出す。なぜか、この時凛は僕の手を振りほどこうとしなかった。いつもなら、『これ以上触ったら脳《のう》味噌《みそ》潰すぞっ』とか真顔で言うのに、今日はそれがない。どうやら凛も、本音では紫陽花を見たいようだった。いや。それとも凛が素直になったのか。まあどちらでもいい。人は素直が一番だ。

「荻野《おぎの》って、馬鹿だよね」

凜《りん》はしばらく一緒に歩いていると、思い出したように小声でぼそっと呟《つぶや》いた。

僕はそれを聞いて、また笑う。

「そう？　凜の方がお馬鹿さんだと思うけど」

「五月蠅《うるさ》いっ！」

「ごめんごめん」

「謝ったって許さない！」

「はい飴《あめ》あげる」

「……まあ、許してあげてもいいかもしれない」

飴で許してくれるなんて、凜は可愛い。なんならもっとあげてもいい。

「飴は何味が好き？」

「むっ。え、えと。ソーダ味」

「じゃあこれからはソーダ味の飴を常備しておくよ」

「……私のことなんて、放っておけばいいのに」

「なんか放っとけないんだよね。どうしてだろ？」

僕は紫陽花《あじさい》の咲くこの通りを歩きながら、傘を少し高く持ち上げる。そしてさりげなく、傘を持たない凜を、僕の傘の中に入れてあげた。

「放っとけない……？　嘘《うそ》ばっか」

「嘘だったら良かった？」

凜は無視して続ける。

「荻野もどうせ、いつか私を見捨てる。なんの罪悪感もなく、躊躇《ためら》いもなく、いつか私の前から消える。そうでしょ？　なのに、どうして」

「あはは。そんなの誰が言ったのさ」

僕はからっと笑う。空気が重くなるのが嫌で、とにかく笑った。それでも凜は、突っかかって来る。

「わっ、笑うなっ！　私は本気なんだからっ！　やっぱり、荻野みたいな人には分からないの！　なにやっても、空回りする人の気持ちなんてっ」

「じゃあ凜は、僕の全てが分かるの？　僕の気持ちが分かるの？」

咄嗟《とっさ》に、僕はそれを言ってしまった。言ってから、どうしてそれを口にしてしまったのだろうと思ってしまう。だけれども、後悔したって、後の祭りだ。

「……」

凜は黙り込む。そして雨に顔を濡《ぬ》らしながら、寂しそうにこちらを見た。口が、助けを求めるように微かに動く。だが、それは言葉にならない。

僕はそっと口を開いた。こんな言葉は言いたくない。けれど、話を続ける。

「誰にだって、大小違いはあるけど、闇はあるよ。誰にも言えないような悲しみを抱えているよ」

「……」

「それでも僕は、自分を信じるって決めたんだ。僕が自分の力を信じなかったら、僕が僕として生き続ける理由なんて、どこにもないじゃないか」

そうだろう？　凜《りん》。

君がどんな思いで、今を生きているのか僕にはさっぱり分からないけれど。

でも凜。どんなに明るく振る舞っている人にだって、思い出したくないような哀しい過去はあるものだよ。目を逸らしたくなる現実を前に選ぶ選択は人それぞれだけど、自分とは異なる選択肢を取った人に対して、理解出来ないと言うのは駄目だと思うんだ。

それにね？　凜。

それは僕だって、同じなんだから。

「さあてと。今までの話は、雨に流して。さっさと、紫陽花《あじさい》見よ」

それから凜は、顔中雨で濡《ぬ》らし、艶やかな髪を顔にべったりと貼り付けながら、押し殺したような声で最後、呟《つぶや》いた。

「……ばーか」

今考えると、あの時の凜は泣いていたような気がした。それはもはや検証不可能な推理なのだけれど、あれは雨にカモフラージュされた涙だったのでは、と、今でも思う事がある。

なぜなら、凜はその時目を真っ赤に腫れ上がらせていて、頬を紅潮させていて、そしてなにより。

僕の着ていたYシャツの、右腕の袖の部分を、親指と人差し指で寂しそうに摘んでいたから。

僕の鼻腔《びこう》に、凜から漂うソープの匂いが広がる。僕は傘を右に傾け、今度は凜を傘の中にちゃんと入れてあげた。

「やっぱり凜って、可愛いね」

「ふざけるな！　こ、今度それ言ったら腕へし折るから！」

「あははっ」

「笑うなあ！　荻野《おぎの》が笑う時は、いつだって私を馬鹿にしている時なんだっ！」

「でも僕は、なんだかんだ言って凜が、結構好きだよ？」

「……ふっふあっ、ふざ！　し、死ねえっ！」

おかげで僕は彼女と密着出来た代わりに、次の日。

思いっきり風邪を引いた。

† † †

二年前紫陽花《あじさい》を見に行ったあの日、僕は「凜《りん》が好きだ」と初めて言った。二年前凜と見た紫陽花はとても綺麗《きれい》だった。

でも、去年も今年も紫陽花祭りは、行かなかった。

凜が隣に居ないのに紫陽花を見に行っても、虚しくなるだけのような気がして足が進まなかったのだ。

回想を止めて、廊下を歩く。鞄《かばん》を背負い、僕は下足室を目指した。一人で、家に帰ろうとする。

「あの！　荻野《おぎの》！　……君」

「あれ？　どうしたの、成宮《なるみや》さん」

「その！　えっと！　ずっと言いたかったの！」

すると、今日転校してきた成宮さんに話しかけられる。成宮さんの八重歯がちらと見えた。正面から見ると成宮さんの特徴は沢山あるのだが、後ろ姿はまるで凜にそっくりで、今日一日懐かしさに胸を締めつけられるような痛みを覚えたものだ。

そんな成宮さんは何度か目を泳がせると、意を決したように口を開いた。

「ただいまっ！」

成宮さんの声は、ちょっと緊張していた。

僕にはその理由が、よく分からなかった。

「……？　えーっと、お帰りなさいって、言えばいいのかな？」

僕がそう答えると、成宮さんは一度僕の顔をじっと見つめ、それから俯《うつむ》いた。首を何度か横に振ると、体を少しだけ震わせながら、ぎこちなく微笑む。

「そ、そだよね！　ごめんなさいっ！　ちょっと、頭おかしくなっちゃったみたい！」

「そっか。転校してきたばっかりで大変だと思うけど、みんな優しいからすぐ馴染《なじ》むと思うよ、成宮さんなら」

成宮さんは、再度こちらを見つめる。

その瞳は、どこか悲しそうだった。なにかを期待するように潤んだ瞳で僕を見て、また首を横に振る。

「ありがと！　じゃあ、また明日！」

成宮さんは、急いでいるのか鞄を持って、下足室に駆けこんでいく。僕は小さく手を振りながら、彼女の背中を見送った。やがてその背も見えなくなると、また凛についで想いを馳《は》せる。

ねえ凛《りん》。

君は今、どこでなにをしているの？　今僕は、ひたすら君を想っているよ。

でもね……時折、泣きたくなるくらい辛い時があるんだ。

時間とは、どこまで残酷なものなのだろう。

凛の居ない日々は残酷にも増えていき、凛の居た日々に覆《おお》い被《かぶ》さっていく。

君はどこまでも純粋で、いつも不器用に頑張っていた。それが僕には新鮮で、彼女のひた向きな姿を見ていると、いつしかずっと隣で見守っていたいと思うようになっていた。

凛。

凛。

凛。

僕がそう呼ぶ度、凛は怒った顔をする。

凛は決して笑わない人だった。僕はずっと彼女と一緒に四ヵ月を過ごしたというのに、人生で一度しか彼女の笑顔を見ていない。

そしてこれもずっと言っているが、彼女が僕に向かって嬉《うれ》しそうに笑ったあの日。

僕は全てを失い、彼女の笑みだけが心の中に残った。

第二章　君は凜じゃない。

僕は成宮《なるみや》さんと別れてから、いつものように、一人で家まで帰ろうとしていた。そう言えば凜が居た頃は、逃げていく彼女の背中をひたすら追いかけていたっけ。

凜によって僕が得たものはいっぱいある。でも、凜のせいで僕は今、なにかを与えられても素直に喜べなくなった。

過去は僕の心の中できらきらと輝いている。嫌な事があれば過去の凜を思い出し、言いわけをしたくなったら凜のせいにする。

僕はそうやって、かろうじて心を保とうと必死だった。

それがどれだけ無駄な努力なのかを、知りながら。それでも僕は、必死だった。

僕は鞄《かばん》を肩に掛け、歩いていく。そしてズボンのポケットに両手を突っ込み、人を掻《か》き分《わ》け外へ出ようとする。

ん？

下足室まで辿《たど》り着《つ》き、僕は靴を取り出す。すると、靴を取り出したと同時に、白い紙きれがひらひらと宙を舞った。どうやら僕の靴の上に、置手紙が置いてあったようだった。

僕はそれを拾い上げ、ボールペンで書かれた文を黙読する。

『放課後の五時。また学校のあの場所で会いましょう。朝霧凛《あさぎりりん》』

「え？　えええぇ？」

僕は思わず大声を出す。何人かの生徒が何事かとこちらを振り向いたが、僕はあまりの驚きに釈明をするのも忘れて考えた。

これ、差出人が朝霧凛と書いてある。信じられない。もしかして、もしかして、本当にあの凛からなのか？

まさか、二年の時を経てふらっと帰って来たのか？　今日？　まさかの、今日？

一旦落ち着こう。僕はこういう時こそ、冷静になるべきだ。まずなにをするべきか。勿《もち》論《ろん》、この手紙が本物かどうかの検証だ。

僕はその筆跡を調べる。凛は僕の記憶では、かなり字が上手い方だった。癖のない、読みやすい字でノートにびっしりと日記を書いていたのは今でも覚えている。

この筆跡、かなり字は上手いとは思うが、凛はこんな感じの字だっただろうか？

凛の字は止めはねがこんなにはっきりしていなくて、控えめと言うか、見ていて飽きのこない字だった。これは少し癖があるというか、なんというか……。

だが、仮にここでこれが本当に朝霧凛によって書かれたものだったとしたら。

信じなかった僕は家に帰る。凛は五時になっても僕が来ないという事実に直面する。ああ、もう私達の恋って終わったのねってなる。凛はそうして僕を諦める決意をする。

「駄目だあ！」

僕は咆哮《ほうこう》する。そんなのは駄目だ。あってはならない。僕が凜を絶望させるという未来だけは、絶対にあってはならない。

要するに。

凜である可能性がある以上、ここで帰るのは許されない。

だけど、その前に……。

いいや、あの場所ってどこ？

えーっと。これって本来はすぐにどの場所を指しているのか気付かなきゃいけないところだと思うのだが……。

初めて話しかけた場所でもある教室？　それとも待ち合わせ場所だった廊下？　凜が倒れた花壇？　それとも凜が運ばれていった保健室？

チョイスを間違ってはいけない時だ。冷静に考えなければならない。

凜は僕と待ち合わせをした時、どこで待ち合わせしただろうか？　それは勿論《もちろん》、教室の前の廊下だ。あの時凜は倒れてしまったせいで結局廊下には来てくれなかった。だから「また」という表現はおかしいだろうか。いや、むしろ「また」という言葉は、待ち合わせが「二年前と同じ場所」という意味なのだろうか。

という事は。

これはあの日守れなかった約束を今度こそ果たしましょうみたいな、そういう美しい意味が込められているのでは⁉

「じゃあ！　答えは！」

かつて待ち合わせした廊下、なのか⁉

こうして僕の短絡的思考によってもたらされた答えは、三十分そわそわと中等部の廊下で凛《りん》を待ち続ける事によって示された。

ピッポー

頭の中で、よくドラマである時間が早送りされる時に鳴る音が響いた。

実際、僕はちゃんとしっかり三十分間瞑想《めいそう》という名の妄想を繰り広げたわけだが、そこは話せば長いのではしょらせていただこう。

とにかく、五時になった。

僕は腕時計を確認し、長針が十二を指している事を確認する。そしてちゃんと、短針は五を指している事を確認した。

来た。

ついにこの時が、来た。

僕の心拍数は只今《ただいま》絶賛急上昇中で、脈拍なんて手が震えて計測不可能だ。ありったけのパワーが身体中に漲《みなぎ》り、これから起こる事を次々と妄想し、思わず口角が緩んでしまう。

……五分が経過した。

「うむ……」

凛はあの時、時間通りに来なかった。結局僕の約束を、故意ではないにしろすっぽかした。

この時刻にはここに現れないつもりなのか？　まさか、あの時と同じように、凛は花壇に居るつもりなのか？　それとも、僕の予想が外れていて、待ち合わせ場所はここじゃなかったという事？

だが、待て。

もしその憶測が外れたらどうする。僕がここから去り、屋上に行くのも一考だろう。しかし、もし凛がここに正々堂々と胸を張って遅刻して来たら、擦れ違いになってまた会えるのはいつの日か、みたいな展開になってしまわないだろうか。

「どうするのが……正しいか」

まさか、これは僕を試しているのでは？　これは僕の忍耐力と精神力を試し、自分の彼氏に相応《ふさわ》しいか見定めるための試練なのでは？

なんだか頭が混乱してきた。凛。君はなにがしたいんだ。

くっそお。こうなったら待ってやるよ。待ってやる。君は僕の忍耐力を試しているんだろ？　なら僕はいつまでだって待ってやるよ。

……一時間が経過した。

「くっ……ふはっ。ふはははは っ」

こんな程度で僕の心を挫いたつもりか。そんな風に僕を甘く見てもらっては困る。僕は待てる……そう。僕は待てるんだ。

「なにしてんだ？　荻野《おぎの》」

「なんでお前がいつもここで出てくるんだ佐藤《さとう》！」

「は？」

こいつはどうして僕が約束をすっぽかされると現れるんだ。

「なあ荻野。それより聞いてくれよ」

「やだ」

「今日の数学の試験、俺お前の名前で受験したから」

「……へーえ」

どうでもいい。

「これでお前の絶対不動の一位は破られたりー！　ひゃっほーい！」

ざまあみろ、という顔をしてきた。その顔には清々しさすら感じる。

「佐藤《さとう》、冷静になって聞いてくれ」

「お前がなっ」

「それだとお前の答案用紙がないから、テスト受けていないって判断されて間違いなくお前が追試だ」

「なんだと！」

　昔から思っていた。佐藤は真性の馬鹿なんじゃないだろうか。

「だが！　お前の名前で受けた俺の答案は白紙だ！　だって俺一問も分かんなかったからな！　お前も追試だ！」

「僕はきちんと自分の名前で受験したから、先生に説明すればどちらが僕の本当の答案用紙なのかはすぐに証明出来る」

「んだと！」

　それに僕は先生に気に入られている。だから佐藤、いい加減認めろ。

　お前は真性の馬鹿なんだ。

「分かったら佐藤、お前は帰って数学の勉強をしろ」

「いつか見てろよ……！　俺が全教科百点取ってお前を頂点から引きずりおろし、奴隷のようにコキ使ってやらあ！」

「はいはい」

「どいつもこいつも俺を馬鹿にしやがって！　さっきも久しぶりの再会だってのに、アイツにお前を保健室まで連れてこいってパシられてよ！　ったく、俺をなんだと思ってやがる――」

「待て！　保健室に来いだって？」

僕が心底どうでもいい佐藤の雄叫びを制止する意味も込めてそう言うと、佐藤は言った。

「ああ。なんでもお前がなかなか来ないからってアイツが……ちょっ。おーい！　たまには最後まで俺の話を聞けえっ！」

凛《りん》だ。間違いない。保健室に居るのはきっと、凛なんだ。

感動の再会の仲介としての責任を全うするとは、佐藤もやっぱり捨てたものではない。そう言えば佐藤は、中学生の頃から僕達の恋のキューピッドだった。

僕は廊下を思い切り走っていく。こんなに全力疾走したのは久しぶりだった。風を切るように走るというのは気持ちが良いものだ。僕は運動が出来るけれど部活動には所属していないから、たまには凛とランニングをしたりするのもいいかもしれない。

僕は保健室の扉を、そわそわと落ち着かない心のまま開ける。そこに凛《りん》が居る、そう思っただけで僕の心はひたすら高鳴った。

この時間は保健の先生も、患者も居ない。

部屋の中心には一人の女の子が、僕に背を向けて立っている。

その髪は、餡蜜《あんみつ》色をしていた。風に揺れれば、きっとシャンプーの良い匂いがするに違いない。

僕はその背中に、懐かしさを覚えた。

「りーんっ！」

僕は思い切り保健室内で叫ぶ。

これは感動の再会だ。僕は目頭が熱くなるのを感じる。ずっとずっと待ち続けて、ようやく会えるのだ。君に会うまでの時間はとても長かった。でも、そんな苦しみなんてすぐに忘れてしまうくらい、今日はとっても良い日になると思うから。

僕は女の子に視線を注ぐ。女の子はふるふると体を小刻みに震わせながら、耐え切れないとばかりに叫んだ。

「おっそーい！」

「……え？」

「ずっと待っていたの？　どこで？　普通は十分くらい待って来なかったら、とりあえず凜と縁のある他の場所行ってみたりしない？　自分の推理間違っているなとか考えない？」

「……ん？」

「あれ？　もしかして、凛とはここで会ったんじゃないの⁉　凛《りん》からそう聞いていたんだけど！　まさかあの話って脚色だったの？　あ、でも保健室で待ち合わせってよく考えてみたらおかしい気も……」

「え？」

これって感動の再会じゃないの？　感動的ＢＧＭが流れるところじゃないの？

けれど女の子は背を向けたまま、怒ったように叫び続ける。

「ああんもう！　馬鹿でしょ？　馬鹿なんでしょ！」

「え？　り、凛？　どうしたの？」

「私は凛じゃ……そう！　私は凛よ！　そうだった！」

「じゃあ、こっち向いて？」

そこで、女の子はびくんっと一度飛び上がったと思ったら、その場で固まってしまった。動こうとしない彼女に、僕は一歩ずつ近づいていく。

「凛？　どうして、こっち向いてくれないの？」

僕は一歩一歩踏みしめるように、歩いていく。目の前に居るのは、凛《りん》だ。僕がずっと、待ちに待っていた、あの凛なのだ。

やがて、凛に触れられる距離まで近づいた。さらさらの髪に、僕は触れたいと思う。

僕は彼女の肩に手を掛けると、優しく言った。

「ねえ。こっちを見て？」

「……ちょっ。肩、手が触れて……」

「恥ずかしがらないで？」

髪から、フローラルな香りがする。それは、とても良い匂いだった。それはとてもとても良い匂いで、僕はそこで、無意識のうちに手を放す。

「あれ？」

どうして、こんな香りがするのだろう。シャンプーを変えたのか？　でも、ここまで人の匂いって変わるものなのだろうか。

彼女は頑なにこちらを振り向こうとしない。僕はそれにも違和感を覚えた。僕は、考えたくはないが、ある可能性を考える。

「君……誰？」

君は凜じゃない。

凜を模倣した、別人だ。

こんな可能性、考えたくない。僕だって、目の前に居るのが凜であってほしい。

しかし実際は、そうではないのだろう？　君は、間違いなく、僕の想像している凜ではなくて。

「なにを、言っているの？」

この人は、凜じゃない。

凜《りん》じゃ……ないんだ。

もう期待なんて出来ない。一度凜じゃないという確信を得てしまえば、もう凜だと思い込むなんて出来ない。出来るわけがない。

僕は強引に彼女を振り向かせる。彼女は嫌そうに俯《うつむ》きながら振り返った。僕はその顔を見て、きゅっと唇を噛《か》む。

「君は……確か。今日転入、してきた……」

「成宮詩花《なるみやしいか》？　あれは嘘《うそ》よ。嘘。事情があってその名前で転校してきただけ」

「凜は嘘つきだった。でもそんな嘘は絶対に吐《つ》かなかった」

この女の子は最低だ。凜をなんだと思っているんだ。

ここに居ない人物なら、そうやって冒瀆《ぼうとく》してもいいのか？　都合よく利用して、笑いものにしていいのか？

「私は凜よ、誰がなんと言おうとも。私は朝霧《あさぎり》凜なのよっ！」

「じゃあ君が凜である証拠は？　顔立ちも性格もなにもかもが違うくせに、僕に凜だと信じろって言うの？　無理だ。君は凜じゃない。それは絶対だ」

「……」

「君は、朝霧凜とは別人だ」

君が凜だったら、どんなに良かっただろう。君がもし本物の凜で、君があの後、僕にペイントボールでも投げつけてくれたら、それで笑ってくれたら、どんなに良かっただろう。

もう一度、凜に「荻野《おぎの》」って呼んでもらいたかった。

「馬鹿」って、「死ね」って、言われたかった。もう一度、もう一度だけでいいから。

凜に会いたかった。

ただ、それだけなのに。

「君は……凜じゃないんだよ。君は、凜にはなれないんだよ」

「……私は凜よ？」

その言葉は、僕には虚しく響いた。こんなにも虚しい言葉がこの世にあるのかと思うほど、僕はそれを空虚だと感じた。

だがそれは、きっと、君にとっても、同じなのに。

「どんなにそれを望んでも、君は成宮詩花にしか、なれないんだよ」

望んでも、望んでも。無駄なんだ。

僕も君も。無駄なんだよ。

「――別に、いいんじゃないかな？」

「……？」

成宮《なるみや》さんは突拍子もなく、そう言った。

彼女は、その瞬間、泣きそうな顔をした。

「荻野《おぎの》は、今のままで十分カッコいいんだから、過去を引きずらなくたって、淡い記憶の中に閉じこもらなくたって、十分幸せになる権利が、あるんじゃないのかな？」

「……」

ねえ。それは。それは言っちゃ駄目だよ。だって。

君は今、たった今、自分が朝霧凛《あさぎりりん》ではないのだと、自白したようなものなんだよ？

僕はそう言いそうになって、最早それを言う気力もない自分に気が付いて、黙り込む。

そうだ。彼女の言う通りだ。凛以外の人と幸せになる道を、探したっていい。普通の人なら、そうするのだろう。どこかで妥協し、踏ん切りをつけ、前に進もうとするのだろう。後ろを振り返らず、前へと進む努力をするのだろう。

でも、それでも。

「そうだよ。君の言う通りだよ。僕は勝手に過去の世界に閉じこもっているだけの人間だ。誰に強要されたわけでもないんだ」

期待してしまう。いつか凛に会える日が来るのだと。僕は何度も何度もその日を夢見て、特に意味も理由もなく、今まで生きてきた。

「じゃあ……」

いつか、凜に会える日が来るかもしれない。

ただそれだけの、希望を胸に。


「でも僕は、凜を待つって決めたんだよ……！」


そうやって、ただただ残酷に、時間だけは過ぎていく。

僕はそれを、知っていた。

ああ。期待して損した。損、した……。

あれ？　なぜだろう。どうしてだろう。

なにかを投げられたわけでもない。ならどうして、こんなに世界が滲《にじ》んでいるんだ？

え？　まさか、今、僕。

泣いてる、かんじ？

漢《おとこ》たる者、泣くべからず。

ここで僕は、凜にそう言われたのを咄嗟《とっさ》に思い出し、ごしごしと目を右手で擦《こす》る。そして僕は泣く代わりに、思い切り成宮《なるみや》さんを睨《にら》みつけた。

「だから今後一切、僕に近づくな」

僕は一言それだけを言うと、もうとまらなくなってしまった涙を必死になって堪《こら》えながら、逃げるようにその場を後にした。

第三章　僕と凜の、運動会。

僕は家に帰ると、母親に話しかけられたが、その全てを無視して部屋に閉じこもった。我ながら、凜《りん》ネタには弱い。最低だ、あの女。最低過ぎる。

そこで僕は、鞄《かばん》からｉＰｏｄをおもむろに取り出すと、ヘッドフォンをして再生ボタンを押し、流れてくる音楽を大音量で聴き始めた。言うまでもなく、そのｉＰｏｄは水色だ。

僕には昔から悪癖がある。現実逃避したくなると、耳に悪い行動をしたくなるのだ。絶対にいつか将来、耳が悪くなるだろう。でもそれが分かっていても、やらずにはいられない。僕は布団の中に潜り込むと、身を思い切り縮めて固まった。

「君は……凜じゃない」

彼女が凜だったら、どんなに良かったか。そんな妄想に頭を使うなんて馬鹿だな、我ながら。

そんなの所詮、幻想でしかないのに。

凜は生きているのか、死んでいるのか。僕を覚えているのか、いないのか。

なに一つ分からない。分かる由《よし》もない。それが、どれほどまでに残酷なものか。今までは、僕の長所でもあるポジティブ思考でそこら辺はなんとか乗り切っていたけれど、もうそろそろ限界だ。段々、全ての可能性を否定出来なくなってきた。

「凛《りん》……会いたいよ」

僕の我儘《わがまま》だけど、勝手だけど、君について正直なにもよく分かってないけど、その気持ちだけは絶対に変わらない。

ドンッドンッドンッ
五月蠅《うるさ》いよ。五月蠅い。一人にしてほしい。と言うかこの音楽の中聞こえる音って、どんだけの大音量だよ。

ドンッドンッドンッドンッドンッドンッ
「あーもう！　誰だ！」

僕はもう耐え切れず、掛け布団を引っぺがして叫んだ。

このなにかを叩《たた》いている音は、間違いなく扉からではない。となると残るは……窓からだ。

僕は窓を見る。すると、さっき近づくな宣言をしたばかりの女の子が窓の外に、居た。

「開けてっ！」

窓越しだからか、少し声がくぐもっている。

「凛は人ん家の窓を叩いたりしない！　あっち行け！」

「もしかして、永遠にそこで閉じこもっているつもり？　そうはいかないわ！」

「そうだよ！　悪いか！」

「この世に永遠なんて存在しないもの！　開けてみせる！」

「永遠が存在しないなんて、誰が決めたんだ！」

「分からないわよ！　そんな難しい事！」

確かに成宮《なるみや》さんの言う通りだ。

「……永遠、ねえ」

僕は叫ぶのも疲れて、ｉＰｏｄの電源を切る。

永遠という言葉が酷く懐かしく感じられた。

永遠。

昔はその言葉を、とても神聖なもののように思っていたっけ。永遠って言葉そのものに、酔っていたのかもしれない。結構今も、僕自身そういうところがあるけれど。

意識が遠のく。ああ、これは、例によって例の如くあの『記憶』の回想が始まる時だ。

凜。君はいつも、僕にとても冷たかった。

君はいつも氷のように冷たくて、でも僕にはそれが、温室のように温かい毎日だった。

†　†　†

当時の僕は朝目が覚めると、嫌がる凛《りん》の顔が早く見たくて、毎日凛の家のインターフォンを、胸をときめかせながら押しに行っていたような気がする。

ピン、ポーン

ボタンを押すと、「ピン」の音がする。指を離すと、「ポーン」が響く。

この日は、中学生最後の運動会の日だった。守衛《しゅえい》中学は、運動会が秋ではなく毎年七月頃に行われる。このくそ暑い日にどうして走らせるんだよ……と思わなくもないけれど、学校の行事日程がそうなっているんだから仕方がない。まあ運動会なんて僕の中ではそんなに大した行事でもないのだけれど、凛の体操着姿を間近で見られるという点に関しては凛大感謝祭みたいなものだった。でも。

インターフォンを押したのに、誰も、出ない。

まあいつもの事だ。凛は僕と学校に行きたがらないためか家から簡単に出てこない。それは想定範囲内なわけで。

「でも凛のそういうところ、ぐっとくるよ……!」

結局僕は、凛ならなんでも許してしまう。

ちなみに、凛の家は二階建てのアパートだ。階段を一つ上がる度、足元からカンッという乾いた金属の音がする。そんな階段を上った先に、扉が幾つか並んでいて、凛は左から二番目の部屋に暮らしている。

　凜から聞いたのだが、彼女は中二の夏にこの中学に転入してきたらしかった。道理で、彼女をあまり見かけなかったわけだ。そして、凜は家を転々としているらしい。理由は質問攻めにしなかったため僕は知らない。僕が分かっているのは、どうやら凜は、両親と暮らしていないようだという事実だけだ。

　そう。凜は一人暮らしなのである。時折思うのだが、女の子の一人暮らしは危険がいっぱいだ。そこで、僕という究極の自宅警備員を配置するのも一考なのではないか？

「りーんっ！　遅刻するよー！」

　凜は絶対に中に居る。

　凜は僕から逃げるために早起きをするなんていう真似はしない。僕が言うのもなんだけど、この頃の凜はもう棘《とげ》が削られてきていた。よって、あまり僕を煙たがっていなかったような気がする。

　案の定、扉が開いた。するとそこから、餡蜜《あんみつ》色の頭がひょっこりと出てくる。

「五月蝿《うるさ》いっ！　荻野《おぎの》っていう存在自体が近所迷惑だから騒がないでよっ！」

「なら素早くインターフォンに出なくっちゃ！　そして僕を抱きしめ笑わなくっちゃ！」

「死ねっ！　来るなゴキブリっ！」

　毎日同じ会話を繰り返す。日常とはそんなものだ。

僕の大切な日常。僕の全て。凜《りん》の爽やかなシャンプーの匂い。

僕達は並んで歩き出す。昔は凜がスタスタと早歩きで行ってしまうから、並んで歩くなんて夢のまた夢だった。でも今では、凜も諦めたのか普通に歩調を合わせて歩いてくれる。

だが、刹那、そんな幸せな日常の中に、凜がちょっと嬉《うれ》しそうな顔をして一滴の毒を投じた。

「今日、私のお母さんが見に来るから！　運動会っ」

「……え？」

僕は顔を引きつらせる。

思いっきり引きつらせる。

「まっ、荻野《おぎの》には関係ないけどね！」

いやいや、関係なくはないと思うけど。

早すぎじゃない？　母親とか、ぶっちゃけハードル高すぎじゃない？　これってもしかしたらレベル1で始まりの町を歩いていたら、いきなりラスボスに遭遇した並にハードモードじゃない？

そもそも、凜の母親って近くに住んでいたの？　ならどうして一緒に暮らしていないの？　え？　そもそも凜はまだ中学生だよ？　バイトも出来ないような年齢なんだよ？　いくら凜が可愛い子だからって、旅させすぎじゃない？

僕は疑問と質問が湯水のように溢《あふ》れてきたけれど、この全てを凛にぶちまけたらきっとしかめっ面で「うざい！」と言われるだけだろう。だから僕は、この中でも厳選して、一つだけ質問をしてみようと思う。

よし、一つしか質問が出来ないとしたら、なにを質問するのが良いだろうか。やっぱり、どうして一緒に暮らしてないの？　とかかな。でも、それを訊《き》いたら凛が不愉快に思ったりしないだろうか。ほら、そういう家庭環境とかってサラッと訊いたら地雷踏んじゃう可能性もあると思うんだよね。

じゃあ、なにを訊こうか。なにを……。

「凛のお母さんって、何歳？」

なんてどうでもいい質問だろう。

「……えーっと。三十五歳？」

「若いね！」

自分から質問しておいてアレだけど、本当にどうでも良かった。

「とにかく、私のお母さんの前で、変な事しないで！　私が荻野みたいなヘンタイ科ヘンタイ族変態と一言でも人語で言葉を交わしていると認識されたくないからっ」

いや変態だって人語しか話さないけれども。

「えー。ここはお嬢さんを僕に下さいくらいの意気で行けとか言うところなんじゃ

「────」

「死ね！」

「ぐほあ！」

凛《りん》の右足が僕の腹に見事ヒットする。

いや、大丈夫だよ凛。僕かなりのチキンだから、いきなり凛の母親にそこまで非常識な真似出来るタマじゃないよ。

勿論《もちろん》、凛がそれを望むのであれば実行に移すくらいの気概はあるけど。

「ひどいよ凛……」

「……ばーか。あーほどじまぬけっ！」

凛は何事もなかったかのようにスタスタと歩き出す。僕はそんな凛の背中を三歩ほど後方から追いかけながら、いつものように中学に向かった。


今日は運動会だからか、クラスメートの学校に来る時間がいつもより早いったらありゃしない。このクラスはちなみに全員白組だから白色の鉢巻をしているのだが、皆の闘志は真っ赤に燃えていた。僕にとって運動会というものは、凛が体操着姿で走り回る行事であるため僕自身が燃え上がる可能性は一切ないのだが、今日は凛の母親とやらがこの校庭のどこかに潜んでいるらしい。僕は人に好印象を与える訓練を常日頃から行っている。ファーストインプレッションなら誰にも負けるつもりはない。

　ちなみに僕の母親は、いい年をした男の僕が走っているところなど見てもなんにも楽しくないと昨日夕飯の時に仰っていたので今日の運動会には来ないだろう。母親曰《いわ》く、運動会の賞味期限は小四らしい。となると、気にするべきは凜の体操着という名の聖服と凜の母親、この二つだけだ。

「朝霧《あさぎり》さん、かわいーー！　ポニーテールなの？　今日は！」

　僕は着替えが終わって、校庭に居た。守衛《しゅえい》中学の校庭はそこまで広くないのだが、全校生徒六百人を収容し、且《か》つ保護者を参観に呼べるくらいの広さはある。確かグラウンドは一周二百メートルだったか。あまりスポーツで有名な学校ではないから運動会もそこまで熱心ではないのだけれど、まだ運動会が開会すらしていない時間の割にはそれなりに参観に来た保護者の数も多かった。

　僕は凜をちらと見る。凜は普段は髪をおろしているのに、今日はポニーテールというひつもと違った髪型をしていた。滅多に見えないうなじに、僕はドキドキする。たまにはポニーテールも悪くない。『朝霧』と胸の部分にでかでかと書かれた体操着は、制服の生地よりも薄いからか凜の綺麗《きれい》な胸の形がよく分かる。細くすらりとした足は、触りたくなるような美しさだ。きっとあの足を触るとすべすべで、もちもちに違いない。

そんな美しくも神聖な女神、凛《りん》は、見ると普段あまり喋《しゃべ》っている姿を見かけない女子五人に囲まれていた。

こんな話を恋人である僕が言うのは大変失礼なのだけれど、凛は僕以外友達が居ないと言って差支えがない。僕の友人である佐藤《さとう》や笠井《かさい》はそれなりに話しかけたりするのだけれど……やっぱり相変わらず、凛の不器用さは健在だ。

「別に。これ百均だからっ！」

「……リボンが？　でも朝霧さん似合ってるよー！　朝霧さん美人だし可愛いー」

「これっ。百均だからっ！」

そこまで百均おさなくても。

「ねー。今度一緒にアクセサリー買いに行こうよー？」

「ひゃっ、百均にか⁉」

どんだけ百均が好きなんだ凛。

「えっ……と。渋谷とか、原宿とか、かなあ？」

「むっ……渋谷の百均か……ちょっとお洒落《しゃれ》そう……」

「違う違う百均から離れてっ！」

ああ……。またやっている。

凛は、人との関わり方みたいなものを、知らない。知らない、と決めつけていいのかは

!?
朝霧

分からないけれど、凛《りん》は人の好意を素直に受け止められないのだ。きっと初めのアクセサリーが百均だというアピールは彼女なりの謙遜であり、途中からの会話はただの百均愛によって出来ている。

凛は一部の女の子から嫌われている。原因はこの意味不明な言動のせいだ。友達を作りたいと思っていながら、彼女はその気持ちとは裏腹に挙動不審な態度を取ってしまう。凛は本来、とっても良い子なのだ。誰かを思いやる気持ちを持っている子だ。

だけど時折思う。

彼女は、わざと人と距離を置いている気がする。

どこかで一線を引き、本当の意味で誰かと仲良くなるのを、避けている。これ以上は人と仲良くしては駄目だ、そうやって、ラインを引いて人と接している。

だから僕が、ある一定以上凛に優しくすると、本能的に彼女は僕を避ける。一緒に紫陽花を見た時の言動が主な例だ。それに僕が気付いてからだろう。僕と凛の間には、暗黙の了解での約束がある。

互いに互いの過去を、詮索し合わない。

これは、僕達が二人で日々を過ごす上で、最も重要な約束だ。

知るのは、壊れるのと同義。僕はそう思う。

僕にだって、凛に語らない過去がある。だから、それが凛にもあっていいはずだ。

「りーん」

僕はいつも通りの笑顔で凜に近づく。凜はもうクラスメートとの会話に頭が混線しきったのかパンク状態の表情で僕を見た。クラスメートは僕が寄って来たので自然と離れていく。

「もっと肩の力を抜いて、笑顔でね？」

「う、五月蠅《うるさ》いっ」

「でも僕が五月蠅く言わないと、誰も五月蠅く言ってくれないでしょ？」

「……」

きっと凜は、分かっている。僕が言いたい事も、本来なら自分がどういう振る舞いをするべきなのかも。

だから、これ以上きつく言うのは止めにした。僕の目標は『凜を笑顔にする、凜が皆を笑顔にする』だけど、それは、ああしろ、こうしろ、と押し付けて達成できるものじゃない。

ゆっくり、着実に積み重ねていけばいいものなのだから。

「徒競走、凜が一番に走り切る姿が見たいな」

「私は強豪と当たっているっ」

「じゃあ凜も強豪の一人なんだね」

「ま、まあ、荻野《おぎの》を振り切れるくらいは？　速いと思うっ！」

「あれー？　確か凛《りん》がiPod落とした時、すぐに凛に追いついたけどなー」

「開会式がっ！　始まる！」

凛はプイッとそっぽを向いて僕から離れていく。皆も、列になって並び始めていた。僕は列の並びに入りながら、佐藤《さとう》と笠井《かさい》が近くに居るのを確認する。

「よっ荻野！」

「よう佐藤。脳筋《のうきん》が唯一活躍出来る祭典へようこそ」

「ノウキン？　なんの種目だ？　ノウキンって」

この真性の脳筋が。

「いやいや違うよ佐藤。君は現在進行形で荻野に馬鹿にされているんだ」

「なんだと！」

「でも君は馬鹿だから仕方がないと思うんだ」

「てめーら……人を馬鹿にしちゃいけませんて小学校で習わなかったのか！　小学生からやり直して来い！」

ナイスだ笠井。

「なら佐藤。鎌倉幕府が開かれたのは何年？」

「はあっ!?　カマクラってお前……あったけーやつだろ!?　北海道とかにあるっ！」

「さ……流石《さすが》過ぎるっ！　まさか質問の意味が分からないとはっ！」

「やめろ笠井。これ以上は笑いが堪え切れん……！」

――ゾクッ
なにか、おぞましい気配を感じる。

「だくそおお！　お前ら俺を馬鹿にしてんだろ？　おい！」

「……」

「おい！　おい荻野！　聞いてるか俺の話！」

「ちょっと黙れ、佐藤」

今日くらいは佐藤の話を聞いてやっても良かったのだが、僕は今それどころじゃない。誰かの視線を感じる。それも、かなりの熱視線だ。誰かが、僕か僕周辺の人間を監視している。そしてこの視線は、観覧席の方からだ。

僕は目を細めて、観覧席のさらに奥にある木々の中を、目を凝らしながらじっと見る。

カサカサッ　カサカサッ
この学校には、校庭をぐるりと囲むように草花や木々がひしめき合っていた。

その木の幹の後ろ側で、葉をかき分けながら、双眼鏡越しに誰かが落ち着きなくこちらの様子を窺《うかが》っている。

その女性は、凜と同じ黒のストレートヘアだった。美しい髪が、風に揺れる。白いワンピースをまとったその姿は、どこか凛《りん》を彷彿《ほうふつ》とさせた。年齢は僕達よりも一回りは上だろうか。観覧席に座る人達が、ちらちらとその人の様子が気になるのか後ろを振り返っていた。なんというか、かなり目立っている。

「おい！　なんか居たのか？」

僕は佐藤《さとう》の言葉を無視する。佐藤はきっと、あの異様な光景に馬鹿だから気付いていないのだろう。

開会式は進む。校長の話が始まり、みんなで校歌斉唱をする。

カサカサッ　カサカサッ

その間もずっと、謎の女性はコソコソとこちらの様子を窺っている。素人《しろうと》だなあと思うのは、存在感が消せていないというか、下手糞《へたくそ》だからだ。誰かのお母さんだろうが、あの挙動不審な女性は一体誰の母親なのか。気になるから先生の誰かが止めてほしいところだ。

「これで、開会式を終了します」

校長の一言で、生徒は解散する。生徒はあまりあの女性を気にかけていないのか、円陣を組んだり友達と話したりするのに夢中だ。そこで僕も凛に駆け寄り、話しかける。

「ねえ、凛。あの茂みの中から双眼鏡越しに僕達を見ている人って、誰か知ってる？」

凛はきょとんとした顔をして、茂みに目を向ける。どうやら、凛もその存在に気付いていなかったらしい。それからなにを思ったかビクッと驚くと、こちらを向いて、慌てた顔で言った。

「……さ、さあ？　あんな挙動不審な人、知らないっ！」

「挙動不審だよね。あ、ちょっとずつ移動してる。こっちに少しずつ近寄っているよ。あれでバレてないと本気で思っているのかな？」

「わ、私は関係ないからっ！　あんな人これっぽっちも知らないし！」

凜がそこまで言うなら、これ以上の詮索は不要だろう。きっと僕とは関係のない話だ。

僕は言った。

「まあいいよ。観覧席行こう！」

僕と凜はクラスの観覧席に向かう。観覧席は校庭をぐるりと囲むようにしてあるのだが、席は自由だ。全部で五段あり、一段ごとに段差がある。僕と凜は最後列の日陰の観覧席に座ると、鞄《かばん》を置く。

「徒競走楽しみだなー。今から大玉ころがしだっけ？」

「ただ、走るだけじゃない」

「凜の走るところって、可愛いんだもん！」

――――ゾクリ
途端、ふたたびおぞましい視線を感じた。思わずぶるっと背中を震わせる。

凛《りん》は相変わらず必死になって言いわけをする。

「か、可愛くなんかないからっ！　私は……猛獣！　猛獣なの！　猛獣のように走るんだからっ」

「どゆ意味？」

「私もよく分かんないっ！　もう！　荻野《おぎの》が変な事言うから！」

「ごめんごめん」

僕はそこで、なにげなく観覧席の最前列に目をやる。そこには、さっきまで茂みの中からこちらの様子を窺《うかが》っていた女性が、今度は堂々と観覧席の最前列で後ろを向き、なぜかまだ双眼鏡を持ってこちらをじっと見つめている。

気になる。すっごく気になる。

「喉渇いちゃった」

凛はそれに気付かず持参の水筒のキャップを開けた。凛はそれをなにげなく飲もうとする。凛は飲みながら僕の顔を見て、僕が見ている場所と同じ場所に視線をやった。

「ボフッ！」

その瞬間、凛は水筒の水を噴き出す。

「凛⁉」

凛は水を噴き出した自分にまた驚いて、今度は水筒をひっくり返す。水筒がカランと音を立てて床に落ちる。凜は盛大に水を体に浴びてしまって、びしょ濡《ぬ》れだ。

「あちゃっ」

凜はびしょ濡れになった手をぷらぷらとさせていた。どうやら、タオルを鞄《かばん》から取り出そうというところまで頭が回らないようだ。

「凜はおっちょこちょいだなー。はい、ハンカチ」

僕は、凜にポケットの中に入っていた黒色のハンカチを渡す。凜はそれをじっと見て、顔を上げる。

「え、でも」

「いいよ、使って」

使うか悩んだのか、眉間に皺《しわ》を寄せるも、凜は言う。

「じゃあ、使ってあげる」

「はい、どうぞ」

僕は笑顔でハンカチを渡す。それから凜の濡れた体操服を改めて注視して、気付いた。

凜の水色の下着が、透けている。

「うわっ！」

思わず僕は声を上げた。何人かの生徒がこちらを振り向く。それから様子に気付いたみんなが、凜の姿に釘付《くぎづ》けだ。

凜《りん》も自分の下着が透けているのにようやく気付き、声を上げる。

「え？　ふ、ふぇ？　み、見るなー！」

――――ゾクリ
またまたおぞましい視線を感じる。

「もうっ！　荻野《おぎの》サイテー！」

「僕が最低なの⁉」

凜は僕から受け取ったハンカチで体操服を綺麗《きれい》に拭くと、下着が見えないように鞄をお腹に抱えて座る。凜はよっぽど恥ずかしかったのか、体をぷるぷると震わせていた。顔も耳まで赤くなっていて、なかなかこちらを見てくれない。

「信じらんないっ。もう、全部全部……」

あの不審者が悪いよね。

「荻野が悪いんだから！」

「僕⁉」

そうこうしているうちに、大玉ころがしが始まる。みんなの声援が響いた。もうクラスメートのみんなは凜の騒動など忘れたのか、大玉走者への声援でいっぱいだ。

「頑張れー！」

僕もつられてそう叫んだ。

じー……

しかし、僕が応援している間も、最前列の女性は運動会の様子など見向きもせず、双眼鏡を覗《のぞ》き込《こ》んだまま僕達をずっと監視している。

ぶっちゃけ、最前列に座っている意味はなんだろう。

「ねえ凜。さっきからあの人――」

「そ、そろそろ！　徒競走の集合時間かも！」

凜が唐突にそう言って立ち上がった。謎の女性が覗いている双眼鏡が、ぴくりと動く。

「え？　まだまだじゃない？　まだここに居ても」

「徒競走楽しみ！」

凜が柄にもなく徒競走が楽しみとか言っている。これは明らかにおかしい。凜が運動会みたいな行事に本気を出すなんてあり得ない。

「じゃあっ、行ってくるから！」

「え？　凜ー！」

凜はそこで徒競走出場者の集合場所に向かう前に、一度双眼鏡を覗き込んでいる女性のところまで駆け寄って、その頭をぺしっと叩《たた》く。叩かれた女性は口を尖《とが》らせて双眼鏡を覗くのを止めると、なにか凜に話しかけていた。しばらくその女性と話をしてから、凜が集合場所まで走っていくと、その女性はまた双眼鏡越しにこちらの監視を始める。

どうやら、監視対象は凛《りん》ではなく、僕らしい。

ここは気付いていないフリをしてやり過ごすのが正解なのだろうか。だって知らない人だし。なんかただならぬ感じがするし、ぶっちゃけあんな人に話しかけたくない。

でも、ここで僕がなにも言わないと、あの人はこちらをずっと見ているんだろうか。それもそれで気になる。迷惑だ。

「あ、あの」

僕は気になってしょうがなくなって、最前列まで歩いて近づくと、話しかける。その女性はギクッと肩を震わせると、双眼鏡を覗くのを止め、おそるおそる僕を見た。

僕と目が合う。その女性は、僕の知っている女性に酷似していた。

整った顔立ちに、絹のように白い肌。黒髪からは、シャンプーの匂いが立ちのぼる。

「えっと、その」

困った顔をされる。どうやら、僕に話しかけられるのを想定していなかったようだ。

その人は、最初こそおどおどと話し始めるが、やがてなにを思ったか目をキリッとさせると、堂々と話し始める。

「最近……凛が妙に浮ついていると思ったので、偵察していただけですが、なにか!?」

「は、はあ」

分かってはいたが、やはりそうだったようだ。

この人は、凜の母親らしい。

「あ、貴方が、凜をたぶらかしている男ですね！」

びしっと、僕を指さし凜の母親は言う。でも、その人差し指はやり慣れていないのかぷるぷると震えている。

「たぶらかす？」

ちょっと難しい単語が出てきたので、ここぞとばかりに分かっていないフリをする。勿《もち》論《ろん》僕はその意味を分かっているんだけど、凜と反応が異なるのか検証してみたくなった。

「た、たぶらかすとは！　だまして！　人を惑わせるという意味です！」

「惑わせた覚えはありませんよ」

「凜の様子をたまに見に行くと、いつも凜はそわそわしてます！　なんだか嬉《うれ》しそうです！」

「凜は常日頃から挙動不審ですからね」

「さっき！　凜の……その、イケない姿を見ようと……」

「あれは貴方が監視しているのに気付いて噴き出しちゃっただけで、僕が凜に水をかけたわけじゃないですよ」

「ああ言えばこう言う！　ジゴロの典型です！」

そうかなあ。ジゴロって言いわけしないイメージだけど。

「言葉巧みに凜《りん》を騙《だま》し！　弄んでいるだなんて！　許すまじ！」

「えっと」

「観念なさい！　私だって、たまにはビシッと」

「飴《あめ》いります？」

「いる！　ソーダ味ある？」

やっぱりこの人、凜と同タイプだ。

「シュワシュワ」

コロコロと口の中で飴玉を転がしながら、凜の母親はハッと我に返る。

「わ、私はなにをしているのかしら！　もう！　ジゴロって怖いわ」

飴玉で引っかかる三十五歳ってどうなんだろう。

「あの、それで僕になにかご用ですか？」

僕はここで、ようやく本題に入る。凜の母親はじいっと僕の顔を見つめながら、しかめっ面をした。そして尋ねる。

「その……凜についてはどこまで知っているの？」

「いろいろ」

「いろいろって？」

「凜が優しくてお人よしって事ですかね」

「じゃあ貴方は優しくないのね⁉　優しいフリしてホントは野獣なのね！」

「まあ、優しくはないかもしれないです」

「サイテー！　近寄らないで野獣！」

「飴玉《あめだま》もうあげませんよ？」

「それは困るわ！　次はレモンがいい！」

もう次の味も決めてあるのね。

「凛《りん》はね……貴方の言う通り、優しい子なのよ」

嬉《うれ》しそうに言う。僕は素直に頷《うなず》いた。

「知っていますよ」

凛は誰よりも不器用なだけで、誰よりも優しい女の子だ。僕はそんな凛が好きで、それはこれからも変わらない。僕は凛のそういう良い部分を尊重したいと思うし、その思いはこれからも変わらない。

徐々に日が昇り、校庭の地面が熱くなり始めていた。観覧席は日陰だが、暑さが増してくる。人が沢山居るせいもあって、蒸し暑い。

凛《りん》の母親はそれでも涼しそうな顔をして、言った。

「でも、優しさは刃よ」

静かな口調だった。慌てた様子はみられない。どうやら、緊張が解《ほぐ》れてきたようだ。

「そうですか？」

あまり優しさが人を傷つけるという話は聞かない。

けれど、凜の母親は続ける。

「ええ。恐ろしい。時として優しさは自らの心臓を貫くわ」

「僕にはちょっと、難しくてよく分からないです」

この程度の言葉の意味なら、僕だって解釈出来た。だけど、敢えて分からないフリをする。そうした方がこの時は良いと思った。

優しさが自分を傷つけるなんて事、あるのだろうか。優しい人って他人からも優しくされるし、僕も優しくありたいという願望はある。

僕がそんな事を考えていると、凜の母親はパッと顔を明るくして言った。

「あ、そろそろ凜が走るんじゃない？」

それ以上、僕になにかを教えるつもりはないらしい。まあ僕も、凜が走る姿には興味があるからこれ以上この話をするのは止めておいた。

「えっと、ビデオビデオ」

ビデオカメラを取り出し、電源を入れる。凜の母親は、ビデオを構えながら、凜が走るのを待っていた。その顔は、どこか楽しそうだ。

凜が見えた。凜は校庭の端の方で、三コースの場所でスタンバイをしている。コースは全部で五コースあるから、凛は丁度真ん中のコースだ。

凛《りん》はしゃがみ、走る前のポーズをとる。よーい、という掛け声が聞こえた。凛は腰を持ち上げる。

パンッ
凛は走り出す。五人の中で、凛はぶっちぎりで速い。強豪と当たっているとか言っていたのに、いざ走り出すと独走状態だ。

「頑張れーー！　凛ーー！」

僕は力いっぱい応援する。凛の母親も、ビデオを回しながら一生懸命応援している。

凛が一位でゴールした。凛の母親は僕と顔を見合わせて「やったー！」と喜んだ後、ハッとして僕から目を逸らす。

「貴方のようなジゴロと！　凛の一位を祝福し合う気はありません！」

「貴方が先にこっち見たんですけどね」

「ああ言えばこう言う！　ジゴロですね！」

もうなにを言ってもジゴロ認定されそうだ。

「貴方みたいな人には分からないでしょう。根暗だの、コミュ障などと罵倒される人間の気持ちなんて」

「そうでもないですよ」

凜の母親の吐き捨てるような言葉は続く。

「貴方のような人がいつも光を浴びて、私達のような人間はいつも日陰。友達が多いとそんなに偉いんですか？　よく学生時代思いました。教室はいっつも威張っている人が居る。友達が少ない人は笑われて、貴方のような人はいつもチヤホヤされるんです」

「……」

「要するに貴方は、私達のような根暗に優しくない存在です！」

「でも、僕はみんなに話しかけていますよ。ええと、だから返答さえしてくれればまた話しかけますし」

「凜が貴方に返答したんですか⁉　あの子が⁉　あり得ません！　まさかあの子が」

もう少し自分の子供の可能性を信じてあげてもいいいんじゃないだろうか。

「凜は特別枠です」

「あー！　ずるいんだー！　特別枠ずるいんだー！」

三十五歳がなに言っているんだ。

「凜は、なんか正反対すぎて、新鮮なんですよ、一緒に居て。行動の予測が出来ないんですよね。僕の想像を超えてくるって言うか」

「でも凜は、貴方に全てを曝《さら》け出してないものっ！　きっと貴方を信用しきれないんだわ！　ジゴロだから！」

「凛《りん》がなにを背負っているのか分からないけど、凛がなにかを背負っているなら、僕はそれも背負ってあげたいって言うか」

「――――背負うなんて、軽々しく言わないで」

纏《まと》う空気が変わる。声が低くなり、重々しい。

僕がそのあまりの変貌ぶりにきょとんとしていると、我に返ったのか凛の母親はあたふたと慌てはじめる。

「あっ、わっ、私ったら。なにをムキになって……ごめんなさいっ」

「いや、大丈夫ですから。こっちこそごめんなさい」

わけが分からないが、一応謝る。何度もへこへこと頭を下げる姿を見ていると、さっきの変貌ぶりが嘘《うそ》のようだ。

「え、えと！　なんの話をしていたんだっけ！」

「あ、いや、なんでもないですよ」

どうやら僕は禁句発言をしたようだ。これ以上は触れないでおく。

「あら？　凛が帰って来たわ」

僕は校庭に目をやる。凛が、てこてこと歩いてこちらまでやって来た。どうやら、競技が終わったから帰ってきたようだ。ちょっと汗をかいたのか、顔が火照《ほて》っている。

「あ、凜！　お疲れー。速かったよ、凄いね！」

「ま、まあ本気を出せばこんなもの！」

ふふん、と鼻を鳴らして凜は上機嫌だ。やっぱり親子だと思う。

だけど、母親と目が合うと、どうしてここに居るんだ、という顔をして叫ぶ。

「お、お母さん⁉　荻野《おぎの》には近づくなって言ったじゃん！」

「違うわ！　あっちから話しかけてきたのよ。ねえ、そうよね？」

僕に話を振られた。こういうのは勘弁してほしい。

「だって、気になるから」

「もう！　お母さんとなに話したの⁉　変な話はしてないよね⁉」

凜は心配なのか声が上ずっている。僕が言葉を考えている間に、凜の母親はまくし立てる。

「凜っ。こんなジゴロとこれ以上話しちゃいけません！　ジゴロエキスにやられて根腐れして根暗が腐れ根暗になっちゃうわ！」

「もう！　お母さんは黙ってて！　してないんだよね⁉　変な話！」

凜は母親の話には興味がないようだ。

「別に。ずっとこの調子だよ、君のお母さん」

「そう……。もう！　お母さんのばかあ！」

凜《りん》はポカスカお母さんを殴る。しかし、お母さんはちっとも痛くないのか、止めようともしない。

「まあ凜。止めてあげなって。僕も凜の許可なく話しかけて悪かったよ」

「むうー」

「仲良いんだね、お母さん、と……」

「仲良くないもん！　ぜんっぜん！」

「仲良しよっ。お母さんと凜がちっちゃい時はよく一緒にお風呂入ったもの！」

「昔の話でしょっ！」

クラスの女の子と、目が合う。その子は茶色の髪をポニーテールにしていて、右腕には可愛らしいシュシュをつけている。僕は彼女を知っていた。普段彼女は、髪を下ろしている。確か四月の時、席が隣だった女の子だ。笑う度に、特徴的な八重歯が垣間見える。その女の子は友達の輪の中で話しながら、ずっとこちらを見ていた。

「……？」

その子は、僕と目が合うなり、泣きそうな顔をして駆けだした。

「荻野《おぎの》？　なんかあった？」

凜が不思議そうに僕を見る。

「ん？　いや……女の子と目が合って」

「ジゴロね！　目力《めぢから》で女の子を落とそうっていうのね！」

「そうじゃなく」

凜の母親は僕の評価を下げようと必死のようだ。

僕がそれを否定すると、今度は口を尖《とが》らせながら質問する。

「じゃあなんだっていうのかしら？」

僕はなにか良い言いわけの仕方を考えたが、それを考えているうちに彼女を見失ってしまいそうだった。こうしている間にも、彼女は走り続けている。僕はただ頭を下げると、顔を上げて口を開く。

「……すいません。ちょっと失礼します」

僕はそう言って、駆けだした。凜は困惑した表情のまま、僕を見ている。凜の母親は、頬をパンパンに膨らませて叫んだ。

「凜が居ながら他の女の子を追いかけるだなんて！　凜はそんなジゴロなんかに絶対あげませんからねー！」

僕の評価をなんとしても上げておきたかったんだけど、やっぱり凜の母親は一筋縄ではいかないらしい。まあ、後で凜の母親には言いわけでもすればいいだろう。僕は見失わないように全速力で、逃げる女の子を追いかける。

「待って！」

その子は僕がそう呼びかけると、足を止めた。僕の声に反応したらしい。それでも、彼女はこちらを振り向こうとはしない。ただ、足を止めて、寂しそうに肩を震わせている。

「どうしたの？　なにかあった？」

彼女とはあんまり話した事はなかったし、教室内でも殆《ほとん》ど交流はない。廊下ですれ違っても挨拶しないし、正直名前だってまだあやふやだ。だけど、なんだか追いかけなきゃいけないような気がしてここまで来た。彼女はいつも女の子たちに囲まれてお喋《しゃべ》りをしているイメージがあったから、こんな弱々しい姿を見ると不思議な気持ちになる。

「もう……私に勝ち目はないのかな？」

そっと、彼女は言った。

「勝ち目？」

僕は反芻《はんすう》する。

「荻野《おぎの》は……真っ直ぐだよね。寄り道なんかしないよね」

なんの話だろう。よく意味が分からない。

彼女は続けた。

「私ね？　ありのままの荻野で居てほしい。今のままで居てほしい。変わってほしくない。でも、もし今のままなにも変わらなかったら、私はずっと、辛いよ。私にもチャンスが欲しいよ」

「どういう、意味？」

彼女は押し黙る。そして振り向いた。その瞳は、潤んでいる。

彼女はなにも言おうとしない。

「僕は、変わりたいよ」

彼女がなにも言わないから、代わりに言った。この状況でこれを言うのが正しいのかは分からないけど、言っておきたかったのだ。

僕はずっと前から、変わりたいと思っていた。もっと力が欲しかったんだ。誰かを守れるくらい、大切なものを見失わないくらいの、力が。

彼女はそういう話をしていないのだろうなというのは分かる。きっと彼女は、もっと違う部分で僕に変わってほしいのだろうというのは。

だけど僕は、変わりたいし強くなりたかった。大切なものを守れるくらい、強い人間に。

だって僕は、守れなかった過去があるから。

「私、荻野になんて、会わなきゃ、良かったのかな……？」

彼女は、泣きそうな顔をしていた。

僕は全存在を否定されたような気がして、俯《うつむ》く。

「ごめんなさいっ。今の、忘れて」

「え?」

彼女はまた、駆けだす。

ぱたぱたと、逃げるようにしてその場を去っていくその女の子の背中を、茫然《ぼうぜん》と見つめた。その子は目を何度も自分の手の平で擦《こす》りながら、どこまでも走っていく。

僕はそれを止めようとは思わなかった。多分、僕がここでなにを言っても、彼女は止まらないだろう。そんな感じがした。

今となっては、そこになんという名前が書いてあったのかを完全に思い出す事が出来ない。確かその名前を、僕はその時初めて目にしたのだ。

凛《りん》という女性以外興味のなかった僕に、初めて「凛」以外の名前が目に飛び込んできた瞬間。

確か、そのゼッケンに書かれた名前は、「成[redacted]花」、だった。

「荻《おぎ》野《の》? その、大丈夫、だった?」

「あれ？　凜のお母さんは？」

僕はわざと明るい声で言った。凜は言葉を返す。

「帰ったけど。徒競走見たから。荻野の鞄《かばん》からレモン味の飴玉《あめだま》だけ取っていったわ」

「そっか」

なんだか、台風のような人だった。居なくなった途端の静けさと言ったらない。それに僕が嫌いだったみたいだし、評価も上げられなかった。

「で、どこ行ってたの？」

凜はずっとそれを気にしていたのか、落ち着きのない様子だ。なんだか、そういう一つ一つの仕草が凜は可愛い。僕は安心させるために微笑む。

「ん？　なんか、僕の気のせいだったみたい。自分でもどうして追いかけたのか、よく分かんないや」

ここでなにか凜に話して、余計な心配はかけさせたくなかった。僕自身よく分かっていないのは事実だし、これでいいだろう。

「……荻野は、人の気持ちに疎いものね」

しかし、凜は予想外にも暗い反応だ。

「え？　そうかな？」

考えた事がなかった。でも結構、気付ける方だと思っていただけにそう言われるとショックだ。

風が吹く。蒸し暑いこの校庭に吹く風は、心地が良い。汗でほんのり湿った体が、風でひんやりとする。凜は言った。

「……荻野《おぎの》は、いつも笑ってるのに、いつも寂しそうな顔をしている人」

「そんな事、ないよ」

僕は見透かされたような気持ちになって、咄嗟《とっさ》にそれを否定した。

凜《りん》がそんな事を言うなんて、初めてだ。いつもオドオドしていて、僕に抵抗するのがやっとの凜が、今はなぜか立場が逆転しているような気持ちになる。

「ごめんね。凜を置いてどっか行ったりなんかして」

僕は話を変えたくて、そう言った。凜は首を横に振る。

「別に……それはいい」

「本当？」

「荻野がどこに行こうが、私は興味なんてないっ！」

凜はふいっとそっぽを向いてしまう。僕はそのいつもの通りの反応を見て、少し安心した。

そこで、僕は校庭の隅にある花壇を指さして、凜に話しかける。

「凜。もう向日葵《ひまわり》が咲いているね」

それはとても綺麗《きれい》な向日葵だった。向日葵を見ると、夏だと実感する。

「そっか……もうそんな季節なんだ……」

感慨深く、凜は言う。その言葉には、哀愁が立ち込めていた。凜はその向日葵をじっと見つめている。僕は言った。

「知っているかな？　向日葵の花言葉って『私の目はあなただけを見つめる』なんだよ？」

しばらく間が空いた。凜は言う。

「……ふうん。まあ、良い花言葉、なんじゃない？」

「ね！　まるで、僕達みたいだと思わない？」

「思わないっ！　それはぜっ、絶対に思わないっ！」

「どうして？　僕達の愛は永遠なのに」

「永遠なんて、この世に存在しないから！」

「じゃあ僕が、一生涯かけて『永遠は存在する』って証明してあげるよ！」

凜は珍しく反論しない。凜は不思議そうな顔をして、僕を見ている。

まさか僕がそんな事を言い出すとは思ってもいなかったのか、凜はおもむろに呟《つぶや》く。

「……変なの」

「なにが？」

凜はしばらくの間なにも言わなかったが、言う気になったのか口を開いた。

「荻野《おぎの》が言うと、どんなに不可能だと思うものも……本当に出来るんじゃないかって、やってみせちゃうんじゃないかって、気がするの。そんなの……あり得ないのに」

なんだ、そんな話か。僕は笑顔になる。

「出来るよ。凜《りん》が隣で、見ていてくれるなら」

凜は、顔をほんのりと上気させ、鼻を鳴らす。

「ふんっ！」

それからも凜は黙って、僕の隣に居てくれた。

第四章　君がもし凜だったら。

そして、話は現在に戻る。

「で、僕になにか用？」

「ええ。用です。用ですとも！」

今僕の部屋には、なぜか女の子が一人、僕のベッドの上で正座している。

この少女は見かけによらず、倒すのに結構骨が折れそうだった。たまにいるよね、こういうラスボスじゃないのに無駄に強い系の奴。一度育成してからじゃないと太刀打ちすら出来ないキャラクター。

とにかく僕は、少女の「出てこないなら、窓ガラスを割るっ」という言葉が全く脅しではないと悟り、仕方なく窓を開けたわけだ。

「荻野って、男のくせに気持ち悪いくらい部屋が綺麗《きれい》」

成宮《なるみや》さんは僕の部屋を見渡しながら、感心したように呟《つぶや》いた。

「そりゃどうも。で？　今日はそんなの言いにきたんですか？　ならさっさと帰ってください。と言うか、人の家の木、勝手に登らないでくれますか？」

僕は無愛想且《か》つ素っ気無く言う。

僕の家は一軒家だ。見た目、住み心地、全てが普通。そこら辺に沢山ある家の一つだ。

でもこの家は、買った時から、小さな庭に一本の木が植えられていた。家を購入した当初は、一メートルくらいの高さしかなかったと思う。なぜ植えられていたのか、理由は知らない。そしていつしかその木は生長し、今では僕の部屋の日照を遮るまでになったのだ。

正直、邪魔だ。

そしてこの成宮《なるみや》さんという女の子は、その木に勝手によじ登り、あろう事か二階にある僕の部屋の窓を叩《たた》いていたのだ。全く、彼女にはモラルというものが欠けているのではないだろうか。

まあ、僕が言えた話じゃないけど。

「冷たいのね。覚えてる？　向日葵《ひまわり》の花言葉は――」

「よーしっ。DSやろっと！」

「……はぁ。本当に、昔からなにも変わってない。アンタは今も自由で、なににも束縛されないのね」

「……」

その言葉に、僕は一瞬だけ動きを止めた。

本当の意味で、僕がなににも縛られず、自由に生きられたらどんなに良かったか。

フリじゃなくて、本当に自由人だったら、どんなに良かったか。

成宮さんは続ける。

「ねえ、荻野《おぎの》。おかしいと思わない？」

どう考えてもおかしいだろ、この状況。どうして僕の部屋に母親でも凜《りん》でもない女が居るんだよ。

「おかしいって、感じた事はない？　私の事で」

「ありまくるよ。なにから言ってほしい？」

不法侵入？

凜もどきの仮装？

木をよじ登って窓を割って侵入しようとするその野性的本能？

「違うっ！　そういう話じゃないっ！　凜！　朝霧《あさぎり》凜っ！　即《すなわ》ち私の話！」

「なんだよややこしいなあ。もう一度おさらいしようか。君は成宮詩花《しいか》、今日転入してきた転校生です」

「分かっとるわそんなのっ！」

「はい認めましたー。自白一丁！」

「ちがう！　私は凜よっ！」

その設定いつまで続けるの？　話がややこしくなるからそろそろ止めない？

「じゃあ私から訊《き》くけど……どうして守衛《しゅえい》高校の人は、誰も凜の話をしないの？」

「……」

想像はしていたが、僕は改めてそのような質問をされて、感慨深いと思う。

誰も凜《りん》の話など今までしてくれはしなかった。二年ぶりに凜の話をしてくれたのは、一人のちょっと常識から逸脱した女の子だった。

やっぱり、凜は僕の妄想の中の女の子ではないのだ。確かにここに、存在した子なのだ。

「そりゃあ、みんな凜と仲良くなかったからじゃない？」

僕は信じてもいない仮説を言ってみる。そういう簡単な問題ではないと、僕も気付いていた。これはもっと、奥の深い問題だ。

成宮さんも案の定、真面目に質問を繰り返す。

「本当に？　あれは明らかに不自然よ。あれじゃあまるで、みんな、最初から――」

「仕方ないんだよ。クラスメートなんて、所詮そんなもんだろ」

「いいの？　アンタはそれで」

「いいもなにも」

「おかしいわよ。絶対に。あの高校のクラスメートそのものがおかしい！」

成宮《なるみや》さんは怒ったように叫ぶ。近づくなと学校で忠告したばかりなのに家まで侵入して、挙げ句叫ばれるとは思っていなかった。

「さっきから、成宮さんはなにが言いたいのさ」

君が凛を覚えている。それは僕自身、嬉《うれ》しい話だ。

でもだからって、それを悪用するような君に、僕はこれ以上――――。

「あれじゃまるで、昔から凛なんて、どこにも居なかったみたいじゃないい！」

成宮さんはとうとう声を荒らげた。僕はそんな彼女を見て、余計に冷静になる。

「……だったら？　なに？　それは成宮さんに関係あるの？　成宮さんは転校生で、凛なんてこれっぽっちも」

「転校生とか、そういうのはどうでもいい！　一度冷静になりなさいよ！　あれは明らかにおかしい。変だわ。確かに凛は友達が少なかったかもしれない。でも、だからってあそこまで元クラスメートをすっかり忘れられる？　なんで凛の名前を出すと、みんな首を傾《かし》げるの？　アンタの友達の佐藤《さとう》や笠井《かさい》まで！　どうして凛の話がアンタにしか通じないの？」

「知らないよ。どうせ忘れたんだろ」

僕が訊《き》きたい。どうしてみんな凛を、そこまであっさりと忘れられたんだって。忘れて、普通に生きて、笑っていられるんだって。

僕だけがどうして、忘れられず、一緒に居るのも能《あた》わず、今こうして日々を生きているのかって。

「本当に？　忘れたの？　忘れさせられたんじゃなく？」

成宮《なるみや》さんは真剣だった。僕はその仮説を笑って誤魔化そうとしたが、あまりの成宮さんの剣幕に思わず黙り込む。

「私が海外に行っていた間になにがあったの？　あの時から、本当の意味で変わっていないのはアンタだけよ。だから教えて？」

そう言って、成宮さんは続けた。

「なにがあったの？　アンタのクラスメートに」

僕だって昔は、今成宮さんが言ったような疑問をよく考えた。どうしてだろう？　どうすればいいんだろう？　そうやって、考えて、考えて、考えぬいて。

ずっとそれを考え続けて、いつしかその行為自体止めてしまった。

なんだか、それを考える事自体、馬鹿馬鹿しく感じられるようになったのだ。

他人なんて、どうでも良いじゃないか。僕が、僕だけは忘れなかったら、僕だけはいつか凛《りん》が帰って来るって信じていたら、それで良いじゃないかって。

それは極論だけど、事実僕には、なにも分からなかったし、出来なかったのだから。

「凛は、いつか帰って来るよ」

ふらっと、ひょっこり。何事もなかったかのように、笑顔で。

そうやって僕は、信じて待とうと思ったんだ。

それが間違っているのだと、君は言いたいのだろう？　その気持ちも分かる。けれども、それ以外にどんな選択肢があるんだい？

誰も見つけられなかったんだ。僕も、警察も、誰も。居ないって言われちゃったんだ。そんな人、居ないって。

そう言われた、僕の気持ちも、少しは考えてくれよ。

成宮さんは、首をふるふると横に振る。やるせない表情のまま、僕を見た。

「私は、信じないから。そんなの。私は、私は、そんな呑気《のんき》に構えてられないわ。絶対に、凜の真実を突き止めてやる！」

「どうやって？」

「アテがないってわけでもないからっ！　とりあえず一人で出来るところまでやってみる！」

そのアテも、きっともう使えなくなっている。僕がそうだった。きっと、どこにも手掛かりなんてものはないのだ。

だけど、その真っ直ぐな瞳に、僕は吸い込まれる。どうしてなんの関係もない君が、そこまで本気になれるのだろう。そもそも、どうして君は凜の姿をしているんだ。考えたくなくても、凜について考えさせられる。

そうやって、ずっとずっと昔僕が知った絶望を、君は掘り返すんだ。君はもう一度、僕の味わった絶望を繰り返すんだ。

だから、僕はもう期待しない。何度も僕は絶望した。これ以上、絶望するのは疲れた。

「……変なの」

「なにが？」

けれど、どこか不思議な気持ちがした。心が温かくなるような、そんな心地がする。そんな自分の不思議な気持ちに、笑ってしまう。

僕は久しぶりに、心の底から笑った。それはとても小さい笑顔だったけれど、僕は、声も出さず微笑んだ。僕は頭を掻《か》きながら言う。

「久しぶりだよ。凜《りん》について、他の誰かと話をしたのは。なんだか……腹が立つけど、嬉《うれ》しかった。そんなに、凜を真剣に考えてくれる人が僕以外に居たなんて」

いつからだろう。寂しいと、哀しいと、他人に言わなくなったのは。

凜の話を、しなくなったのは。

寂しかったら、昔の自分だったら素直に寂しいと言えたのに。いつからそういう気持ちを口にしなくなったんだっけ。誰にも相談しなくなったんだっけ。

誰かに寂しいと、そう伝えられたなら、僕はもっと回想の世界に閉じこもらずに生きていけたんじゃないだろうか？

「……もう！　そうやって笑わないでよ！　私は真剣なんだからね！」

「ごめんごめん」

「まったく！　荻野《おぎの》って昔からただの馬鹿で間抜けでお調子者で！　馬鹿なんだから！」

「馬鹿二回言ってる」

成宮《なるみや》さんは僕の枕を摑《つか》むと、それで僕を思い切り叩《たた》く。

「もう！　もう！　もう！　あー！　私帰る！　帰るから！　さよなら！」

「まだなにも解決してないけど？」

「作戦会議は、また後日！　仕切り直し！」

「後日があるのね」

僕は苦笑する。成宮さんはムキになって言い返した。

「私を忘れたまま！　みんながのうのうと生きているのが許せないだけよ！　私は！」

「だからその設定は話がややこしくなるから」

「凜よ！　いい加減信じなさいこのあんぽんたんっ！」

成宮さんはそう言うと、僕の部屋の窓を開け放った。どうやら、窓から入った以上窓から退出するらしい。

僕の部屋に、生温かい真夏の空気が入り込んでくる。それから彼女は、木の枝を摑んで軽快にするりと地上に降り立った。僕は窓の外をちらと窺《うかが》い、成宮さんを見下ろす。

「じゃあ！　またね馬鹿！」

成宮《なるみや》さんはそう言い残し、僕の前から姿を消した。

部屋の中は、また僕一人になった。一気にいつもの静けさが戻る。今までの喧騒《けんそう》などまるで夢のようだ。

僕はゆっくり息を吐く。興奮や、苛立ちはいつの間にかどこかへ消えていた。僕はそっと目を閉じると、ゆっくりと開く。

「君が凜《りん》だったら……どんなに良かっただろうね」

僕は部屋の中で一人、窓の外の世界を見つめた。

それは夢だ。夢想だ。幻想だ。

でももしそうだったら、どれだけ良かっただろう。

窓の外の世界は、いつだって煌《きら》びやかだ。きらきらと輝き、実にいろんな事が起こる。部屋の中に閉じこもってばかりの人間には見られない、様々な光の欠片が散らばっている。窓の外の世界はまるで、温かな光が差しているように、沢山の人の思いやりで溢《あふ》れているのだと思う。そりゃ勿論《もちろん》、汚いものも沢山あるだろうけれど、部屋の中にこもってばかりでは、温かいものにも、そういった汚いものにも、触れるのは許されない。

僕はそれが、頭の中では分かっているのだが、実際に行動には移せずにいた。それはなぜか。

僕には、そんなの、最初から分かりきっている。

僕には、火傷しそうだから。

僕には、そんなもの。大きすぎるし、熱すぎるし、息苦しい。居心地が悪いし、なんだか……僕が居ていい場所じゃないような、ここが本当の僕の居場所じゃないような……そんな感じがするんだ。

だからこそ僕は、部屋の中から出ようと思わなかった。そこで僕は、窓枠の外に居る成宮さんの背中を見つめる。

凜がもしあの制服を着て、守衛《しゅえい》高校に通っていたのなら。凜の後ろ姿はあんな感じだったのだろうか。凜と成宮さんの髪型は同じだ。髪質も似ていて、後ろ姿は限りなく凜に近い。匂いは、ソープよりどちらかというとフローラルだけど、でも、彼女からはシャボン玉のような匂いもした。もしかしたら、成宮さん自身が、凜の真似をしているのかもしれない。

なにをしても、彼女は凜には、なれないというのに。

そんな努力、自分の心をも虚しくさせるだけなのに。

でも、もし本当に成宮さんが凜だったなら。

凜が僕の前にもう一度姿を現してくれた事になる。もう一度、幸せだったあの日常を取り戻した事になる。

もしそうだったら、どれほど良かっただろう。

僕は馬鹿だ。それを考えてしまうほどに凜に飢えていて、凜が居なくては前も見られない弱虫で。……本当、馬鹿みたいだ。

凛《りん》。

今日、僕が言うのもなんだけど、変な客人が現れたよ。君を騙《かた》る、最低な奴なんだ。君を冒瀆《ぼうとく》しているんだよ。信じられないだろう？　だから、さ。

僕の前に、もう一度だけでいいから、現れてくれよ。

それにね、凛。

僕は最低だ。本当に最低だ。

許してくれ。いや、許さなくてもいいから。僕の懺悔《ざんげ》、聞いてくれるかな。

——僕は一瞬、成宮詩花《なるみやしいか》が凛だったら……なんて、考えてしまったよ。

† † †

小さい頃は、誰かを好きになるって事そのものに憧れていた。

それはとても幸せなもののように思えた。誰かを好きになるという事実自体がとても神聖なもので、愛し合う二人が手を取り合って同じ道を進んでいくのは、美しく素晴らしいものであると。

どれだけ希望を失いそうになっても、僕はそれだけは確かなものであると信じていた。

誰かを愛するのは素晴らしい。

誰かを愛せるなんて、幸福だ。

誰に言われたわけでもなく、僕はそれを頑《かたく》なに信じ続けて、やがて僕はある人を好きになった。

しかし、その初恋は、実らず終わった。

こんな僕にも、小学校の頃「心友」と呼べる友人が居た。いや、勝手に僕が彼女を、そう思っていただけなのかもしれない。今となっては、彼女自身が僕をどう思っていたかなんて知る方法はないけれど、とにかく彼女はとても優しく、温厚な性格だったように思う。困っている人に手を差し伸べずにはいられない、そんな奴だった。

本当に、馬鹿みたいなお人よしだった。

僕は、凛以外にもみんなから忘れられた人間を知っていた。だから、みんなが凛を忘れた時、苦悩するほどは悲しまなかった。きっと、どこか耐性みたいなものが出来ていたんだと思う。それとも僕は、以前より他人に期待しなくなったのだろうか。

僕が本当の意味で、自由だったらどんなに良かっただろうと思う。

翼を折られた鳥は、今日も飛べるフリをして生きていく。

僕は過去を隠して生きる。過去を隠し、不自由なまま、形だけの自由を謳歌《おうか》する。

僕には、そんな生き方がぴったりだと思ったんだ。

僕は時間が空いたら定期的に、ある場所に向かう。

そこは……とある総合病院。

僕は次の日、家から一番近い、その総合病院に向かいながら、ふと昔を回想する。

『私のお母さんは今病気なんだ。だから、早く家に帰って看病してあげなくちゃ！』

これはずっとずっと昔の話。僕がまだ小学校五年生だった――……

凛《りん》にもまだ出会っていない頃の話。

† † †

その心友の名前は、神田麻利亜《かんだまりあ》と言った。髪質はシュガーブラウンのふわふわの天然パーマで、ショートヘアが良く似合う女の子だった。いつも髪をピンクの花柄のピンで留めていて、身長は低く、小柄な体つきだった。彼女は馬鹿かと言いたくなるほどのお節介で、薄情な僕とは全くと言っていいほど正反対の性格をしていたように思う。

「私ね？　お医者さんになって、いつかお母さんの病気を治してあげるのが夢なの！」

「へえー。そりゃ凄い」

将来の夢を語っているのが麻利亜、それを軽くあしらっているのが僕だ。まあ、そこは言わずもがなだろう。誰にでも想像出来る簡単な問いだ。

僕はそんな麻利亜の含蓄あるいい子の代表例的な話を、いつも心友にあるまじき対応を取って受け流していたように思う。

「で？　お母さんの病名は？」

「……知らないの。なんか、私にしがみついてきて、苦しそうにするのはよく見るんだけどね……。教えてくれないの」

麻利亜は涙目になって僕に訴えかけてくる。しかし当時の僕は、社交辞令とかそういうものを一切知らなかったから、思った通りに言った。

「言えないって事は、そりゃ相当重たい病気だね！」

「えっ……」

「って言うと思った？」

「もうっ！　たー君のいじわるっ」

この日はこんな感じで話は終わり、後はカードゲームとかをして楽しんだような気がする。

でも、またとある日に麻利亜《まりあ》は母親の話を振った。

「お母さんに、一緒に死のうって言われたの。お母さん……本当にどうしちゃったんだろう。私ね？　昨日お母さんに大きなお花をあげたんだよ？　なのにそんな酷い事言うなんて……お母さんどうしちゃったんだろう」

「昨日僕お漏らししたんだ」

「えっ……」

「まあ嘘《うそ》だけどね」

「もうっ！　それたー君が言うと嘘っぽく聞こえないの！」

「えっ……」

この日はこんな感じで話は終わり、後はその当時流行っていた酒の蓋を駒にして遊ぶゲームをして楽しんだような気がする。


でも、そのまたとある日に麻利亜は母親の話を振った。

「お母さんね？　今日私を殴ったの。なにもしてないのに……。私を誰かと勘違いしてるんだ。お母さん、大丈夫かな……」

「えーと、だから廊下でこけた僕が今ずっと鼻血流しているのはオールスルー？」

「えっ……？」

「あ、オールスルーね、分かったよ」

この日はこんな感じで話は終わり、後は外で泥警《どろけい》をして遊んだような気がする。

そう。ここまできたら、いい加減誰だって気付くはずだ。その内容の異様さ、そして、それが日を追う毎に酷くなっているという現実を。

僕だって気付いた。僕はそこまで鈍感な人間じゃない。

でも、どうしようもなかった。

僕になにが出来る？　なにも出来ない。非力な僕は、ただ麻利亜の隣に居るくらいしか出来ない。だって全ては家の中で起こっていて、原因はおそらく麻利亜の大好きなお母さんによるもので、お母さんが大好きな麻利亜からお母さんを奪うような真似だけは、絶対に出来なかったからだ。

僕は麻利亜になにもしてあげなかった。なにもしてあげられなかった。

だから、僕はそんな麻利亜の気を紛らわさせるために外で遊んだ。それが僕に出来る、精一杯だった。でも麻利亜はどこか上の空で、あまり遊びを楽しめていなかったような気がする。

今思えば、僕は麻利亜《まりあ》に会って一つだけ大きな事を知った。それは……。

僕が無力だという現実だ。

ある日麻利亜は、右頬を真っ青に腫れ上がらせ、学校に現れた。当然だが、僕はその痣《あざ》の大きさ、グロテスクさに驚いてしまい、少々狼狽《ろうばい》する。クラスの皆も、麻利亜のそんな姿に言葉も出ないようで、誰もが彼女を見つめながら硬直していた。

「お前……それ誰にやられたんだ」

「可哀想！」

「麻利亜ちゃん！　痛くないの？」

クラス中の皆が寄って集《たか》って麻利亜を質問攻めにした。しかし麻利亜は、へらっと笑って見せ、その小さな口を開く。

「ただ……こけただけだよ？　みんな心配してくれてありがとう」

僕は一瞬で気が付いていた。麻利亜が誰かを庇《かば》う。そんなの、決まっていた。

ああ。こりゃ母親にやられたな、と。

でも、本人が黙っているのだ。僕がなにかを言う権利はないし、なにも言わない方がいいと思ってなにも言わなかった。

「なあ麻利亜。気分転換にＤＳやろうか」

僕は学校まで隠し持ってきた二つのＤＳを取り出しながら、麻利亜に尋ねる。僕は今日麻利亜と対戦をするために、わざわざDSを二つも持ってきたのだ。素直に、褒めてほしい。てか褒めろ。さあ褒めろ。

でも、麻利亜は首を左右に振ってそれを否定した。

「今はそんな気分じゃないんだ。ごめんね？　それに、私だけが楽しい思いをするなんて、お母さんに申しわけないと思うの」

「いやいや。僕の遊び相手をしてくれないのも、十分に申しわけないよ？」

「えへへっ。それって、たー君なりの優しさなんだよね。私、大丈夫？　って言われるよりずっと、たー君のその言葉が嬉《うれ》しいの！」

「……そうかなあ？」

「うん！　そんなたー君がねっ、私は……」

「私は？」

「ううん。やっぱりなんでもないのー」

「変わっているね、麻利亜は」

「えへへっ」

麻利亜は嬉しそうに笑ってくれたが、結局その日は、僕と遊んではくれなかった。

それから十日、いや、二十日？　経ったくらいの時。もうこの頃には麻利亜《まりあ》の痣《あざ》も大分消え、全てが元の生活に戻りつつあった。

そこで、僕達は学校の帰りに久しぶりに寄り道をして、河川敷に向かった。僕と麻利亜の家から、河川敷は近い。五分ほど歩けば、大きな川が流れている。僕達は河川敷の近くまでやってくると、橋を渡って、高さ十メートルくらいの崖の上を歩く。ここを真っ直ぐ歩くと、途中で下に下りる階段があるのだ。

麻利亜は僕に笑いかけながら、心から嬉しそうに僕に言った。

「お母さんの病気が、大分良くなったの！　凄いでしょう？　えへへっ。頑張って看病した甲斐《かい》があった！」

「それは良かったけど……端っこばっかり歩いていたら危ないって、前に僕のお母さんが言ってた」

ここは崖だ。なにかの拍子でバランスを崩して下に落っこちたら危ない。それでも、麻利亜はランドセルを背負ったまま、楽しそうにゲーム感覚で端っこを歩き続ける。

「ねえ。久しぶりに私の家に遊びに来ない？　お母さん、お家に友達呼んでいいって言ってたの！　ホームパーティーしようよ！」

「へえー。んじゃ行こうかな。それより麻利亜、ちょっと顔色が」

「うん！　お母さん、きっと喜ぶよ！」

「いや、それより顔色が悪い気がするんだけど。眠れてる?」

「へーきへーきっ!」

麻利亜は花が咲いたかのように笑う。だけどその表情は、いつもより緊張しているように見えた。

「それで、その、たー君!」

「なあに?」

僕はいつもの口調で尋ねる。麻利亜は顔を強張らせながら僕を見た。麻利亜は、なにかを言おうとして、俯《うつむ》く。それからまた僕を見ると、ふるふると震えながら口を開く。

「私ね? 私っ」

「うん」

「そのっ、たー君がっ!」

「うん」

次の瞬間、麻利亜は体を前後に揺らしながら、力強く言った。

「好きっ! 大好きっ!」

「……!」

僕は、こんな言葉が出てくるとは予想しておらず、面食らう。

それなりに動揺もした。麻利亜をそういう目で見ていなかったというのもある。僕はまだ小学生だったこの当時、異性を好きになるとか、そういう事に疎かった。だから、人生初の告白に、どう対応すればいいのか分からなくて慌てふためく。

しばらくそわそわと落ち着かない態度で僕が居ると、麻利亜《まりあ》は笑う。

「えへへっ。私初めてたー君が慌てる顔見たー」

「あ、慌ててはっ、いないけど」

「ほらっ、慌ててるー」

へらへらと、麻利亜は笑う。僕はつられて笑おうとした。なんだか頭が混乱してきて、僕は照れたように口を動かした。

「ぼ、僕は、その」

「……あ」

「ま、麻利亜が僕は……えっと、うーんと」

麻利亜からの反応はない。僕は恥ずかしかったけど、麻利亜の顔をちらと窺《うかが》おうとした。だけど、なにかがおかしい。麻利亜は、なぜか立ったまま、目を瞑《つぶ》っている。

「ん？　麻利亜？」

麻利亜がバランスを崩し、体を後ろに傾かせる。僕はなにが起きたのか、すぐには頭の整理がつかなかった。だが、僕はすぐに理解をしなければならなくなる。僕は焦って麻利亜に近寄った。

麻利亜は、気を失っていた。

下は崖だ。落ちたら、大怪我をするに違いない。

「麻利亜！」

僕は必死の思いで麻利亜の手を握ろうとした。とりあえず麻利亜の手を捕まえられれば、麻利亜は落ちないで済むかもしれないと思った。麻利亜の体が地面と平行になる。このままだと、頭から突っ込むに違いない。そうなったら、どうなるか。

僕はその右手に触れた。あと少しで、摑《つか》めそうになる。

きっと、僕なら摑めたはずだ。摑めたはずなのだ。

「まり――――」

その手が、僕の手をすり抜けた。麻利亜はそのまま、崖の下に、落ちていく。

ドサッ
鈍い音がした。僕はおそるおそる下を覗《のぞ》く。僕はその高さに打ち震えた。僕が落ちたら、どうなるのだろうと考えた。

河川敷の草むらに、麻利亜は倒れている。その頭から血は流れていないが、完全に意識はない。

「麻利亜！　麻利亜！」

周りに居た人達が、この状況に気付いたらしい。心配そうに僕に話しかけようと近づいてくる。僕はそれを無視して一目散に駆けだした。近くにあった階段を下り、麻利亜《まりあ》に近寄る。麻利亜の下へ駆け寄る僕の足は、震えていた。よろめきそうになって、やっと辿《たど》り着《つ》いたその場所で、僕は麻利亜の名前をただ叫ぶ。

「麻利亜っ、麻利亜っ！」

揺さぶっても、反応はない。それは予想していたものではあったけれど、まだ幼かった僕にはあまりにも衝撃が大きかった。

そして、その日麻利亜が、目を開ける事はなかった。

† † †

あの日から、六年という月日が経過した。

「麻利亜。お見舞いに来たよ」

僕は病院の白い扉をスライドさせる。ガラガラと軽快な扉の音が、僕の鼓膜を震わせた。だが僕は、無表情なまま部屋の中へと入っていく。いつも僕は、こんな感じだ。

この総合病院は結構な大きさのある、様々な年齢層の患者が居る綺麗《きれい》な場所だ。きっと麻利亜くらいの年齢の患者も、沢山居るのだろう。なんてったって、病院の中に学校らしきものがあるぐらいだ。そして麻利亜は、小学校五年生の時からずっと、ここで入退院を繰り返しながら治療を続けている。

麻利亜は怪我をした日、目を覚まさなかった。目を覚ましたのは、次の日だったと思う。僕はずっと、病院に居た。麻利亜が心配で、他のなにも手につかなかったからだ。僕の母も、ずっと病院で付き添ってくれた。

麻利亜が目を覚ますまで、僕はきっと麻利亜がまた元の生活に戻れるのだと信じていた。きっと怪我は治って、麻利亜はまた学校に通えるようになって、彼女があの日僕に言ったあの言葉の返事を、出来るのだと信じていた。

僕はゆっくりと麻利亜の寝ているベッドまで近づいていく。その足は、異様なほど重たく感じられる。

麻利亜はベッドの上で上半身を壁にもたれさせながら、楽しそうに漫画を読んでいた。

「あ。お母さん」

麻利亜は僕を見てへらっと笑う。僕はその笑顔に、いつもの軽い笑顔で応えた。

麻利亜は、目を覚ましたその瞬間から、僕が誰だか分からなくなった。

と言うか、誰が来てもお母さんだと思うようになった。

僕はその病気の名前を知らない。僕は、彼女がなんという病気になったのか、知らなかった。

知りたくなど、なかったから。目を覚ました彼女が僕を認識出来なかった現実から、僕は逃げたかったから。

「昨日、変な女の子が転校してきたんだ」

「お母さんがこの前買ってきてくれた漫画、とっても面白かったよ！　次の巻が読みたいっ！」

「成宮詩花《なるみやしいか》、って言うらしいんだけどさ。なぜか私は朝霧凛《あさぎりりん》だっ！　とか言ってんの。馬鹿だよね」

「私もこんな冒険がしたい！　お母さんいつか一緒に旅行しよう？」

「と言うか。そろそろ凛が消えてきっかり二年なんだよね。もう一度凛に会いたいなあ」

「私はこのキャラが好きなの。ねえ。お母さんはどのキャラが好き？」

この会話で分かったと思うが、僕達の会話は完全に噛《か》み合《あ》っていない。誰かが、「ここはお前が合わせるべきだろ」とでも言うのかもしれない。でも、僕はそれを試み、失敗した。

麻利亜《まりあ》は、相手の話を一切聞いてくれない。

完全に自分の世界に閉じこもってしまっている。ナースが来ても、僕が来ても、お母さんが来ても、みんな＝お母さん。もう話にならない。

もう、彼女の中に僕は居ない。

あの時の、僕が受けた初めての告白も、もう意味を持たない。

あの時なにもしてあげなかった僕は、心友としての彼女を失った。

僕があの時、麻利亜になにもしてあげられなかったから。

きっと、麻利亜はあの日頭から落ちたから、その衝撃で脳に障害が残ったのだ。詳しく聞いてはいないから分からないけれど、そうに違いない。

だから僕が「助けて」と言っても、麻利亜は以前のように心配しなくなった。僕の言葉など、そもそも聞こえていない。おそらく言葉が鼓膜に入る前に、麻利亜の場合はなにかのフィルターがあって、僕の言葉の全てはそこで引っかかってしまうのだろう。だから、麻利亜は僕の心配など出来るわけがない。なにせ、僕の言葉なんて一言たりとも聞こえてなどいないのだから。

そして、最初こそ見舞いに来た数多くのクラスメートは、今では一切見舞いには来ない。そもそも、彼女がまだ入退院を繰り返していると知っている人間が、何人居るだろう。

彼女は忘れられたのだ。みんなの心の中に、もう彼女は居ない。

僕が何年経っても、何度もここに来る理由。それは、なんとも人間らしい、愚かな理由だ。

あの時麻利亜《まりあ》を助けられなかった自分を、自分だけは彼女を忘れない事で許してもらえるような気がするから。

そもそも、僕は何度も麻利亜を助けるチャンスがあったはずなんだ。麻利亜はきっと、僕にお母さんの話をしたその時から、僕に助けを求めていた。にもかかわらずまだ幼稚だった僕はなにもしてやれず、最終的に彼女を壊した。

彼女は僕だけに助けを求めていたのに。

僕は彼女の隣に居るくらいしか、してあげなかったから。

麻利亜のお母さんの病気は、もう大分良くなったらしい。今では普通に働けるようになった。でもその代わり、麻利亜は心労によって意識を失うほどの大怪我を負い、結果として脳に障害が残った。

もしこれが麻利亜の幸せだったと言うのなら、その幸せはどんなにちっぽけなんだろう。

そう。これは、枷《かせ》だ。

僕という無力な人間に対する、枷だ。

僕の初恋は、実らず終わった。

今では、彼女の大好きだった母親は仕事をしている。でも麻利亜の入院費を稼ぐので精一杯らしく、滅多に麻利亜に会いには来ない。代わりに、定期的に僕がここに訪れて母親のフリをしている。

全く……こんなエンドを、麻利亜は望んでいたって言うのか。こんなエンド、物語の一片にもなりはしない、つまらないエンドじゃないか。

君は一度だって、幸せだと感じた日があったかい？

僕を好きと言ってくれた人を、僕は守ってあげられなかった。僕に初めて告白をしてくれた君を、僕は無力故に守れなかったのだ。

そして僕は、今でも無力だ。

今度こそ守ると決めていたのに。もう二度と失敗しないと決めていたのに。

結局、凜《りん》も、守ってあげられなかったのだと思うから。

「ねえ？　麻利亜」

返事はない。麻利亜には聞こえていないのだから当然だ。

彼女は可哀想だと思う。これからの人生も、もしかしたらずっとこの病院で過ごすのかもしれない。彼女にはもっと色んなものを見る権利があったはずなのに、誰も彼女を守らなかったから、彼女は永遠に独りぼっちの世界に閉じこもっているしかない。

僕は心友を守れなかった。

これからもきっと、彼女はここで過ごすだろう。

それはなにも出来なかった僕に対する、永遠の呪いのような気がした。

「麻利亜は、寂しくない？」

僕はそっと、麻利亜《まりあ》の頭を撫《な》でる。麻利亜は嬉《うれ》しいのか目を瞑《つぶ》って可愛らしく体をくねらせた。その顔だけを見ると、彼女はとても幸せそうに見える。

そう思うのは、きっと彼女から逃げたい僕だけだった。

「お母さん。一緒にまた遊園地に行こう？」

「いいよ。一緒に観覧車に乗ろうか。観覧車がある遊園地ってどこかな？」

「この前行った時に乗った、ジェットコースターすっごく楽しかった！」

「じゃあそれも乗ろうか。楽しみだね。いつ行こうか？」

「お母さんっ、この漫画の続き持ってる？　早く続きが知りたいのー」

人はゆっくりと、誰かを忘れていく。人の記憶は曖昧で脆《もろ》く、儚《はかな》いものだ。

麻利亜は、みんなの心にもう居ないのだと思う。麻利亜は、忘れられた人なのだと思う。

だけど、麻利亜以外にも、みんなに忘れられた女の子を、僕は知っていた。

凛《りん》が消えた夏。僕は悲しみに暮れていた。確かあの時は、一週間くらい不登校になったっけ。無意味にもう凛の居ない空き室まで足を運んで、そこに新しい住人が住み始めても毎日そこまで足を運んで、インターフォンを押すフリをしていた。

で、ようやく学校に登校すると、凛の噂《うわさ》はおろか、凛の机すらもいつしか、消失していた。

凛って、誰だよ？

僕が久しぶりに登校した日、心配していたのか声を掛けてきた笠井《かさい》が僕の質問に対し、笑いながらそう言った。

なんの罪悪感もなく、笠井はそう言って笑いながら僕の肩を叩《たた》いた。

その日、僕は震える手を押さえながら、こんがらがった頭を冷やすために走った。ただただ走った。わけが分からないまま、僕は走った。

凛《りん》って、あれか。妄想の女か。

佐藤《さとう》も覚えていない。クラスメートの全員が覚えていない。

凛が失踪した一週間後、僕が登校した時には、全てが手遅れだった。

みんな忘れたのだ。罪悪感もなく、笑顔のまま。ぽっかりと穴が開いたように、凛にまつわる記憶がどの生徒からも抜け落ちていた。

警察に捜索願を出しても、見つからない。目撃証言すら出ない。いずれ、警察官も、朝霧《あさぎり》凛という人間を忘れた。そんな人間居ない、そんな捜索願など出ていない、そう言われた。

まるでそれは、僕が凛という女性と過ごした夢を見ていたかのようだった。

麻利亜《まりあ》だってそうだ。

そこに当たり前のように居たはずなのに、三ヵ月もしたら、机は黒板のすぐ横に移動され、黒板消しのクリーナーが置かれるようになった。その机はどんどん真っ白な粉だらけになって、僕はそれを空虚な眼差しで見つめていて、気付いた。

麻利亜は所詮、皆にとってその程度の存在だったのだ、と。

そうやって忘れられていく人間が、この世にはごまんといる事を、僕は知っている。

「麻利亜」

麻利亜は僕の目の前に居るのに、どこにも居ないかのように思えた。目の前に居るのに、返事は来ない。

「僕はね。君に告白された時、本当に嬉《うれ》しかったんだよ。あの時は照れて君になにも伝えられなかったけど」

「お母さん、見てー」

麻利亜は近くにあった漢字の書き取りノートを手に取る。そこには看護師がつけたのか、どのページにも花丸がされていた。彼女はそれを自慢しようとしたのか、僕に見せる。

「僕は君が、好きだったんだと思うから」

全ては過去の話だ。きっとこれは、僕の初恋だった。

「また花丸貰《もら》っちゃったよー！」

そしてその返事は、彼女には永遠に届かない。

僕はそれも、知っていた。

† † †

外は雨が降っていた。通り雨なのかもしれない。強く地面に叩《たた》き付《つ》けるそれは、傘を持たない僕に直撃する。

『本当に、昔からなにも変わってない。アンタは今も自由で、なににも束縛されないのね』

僕が、本当の意味で自由だったら良かった。自由のフリをしているだけの、翼なんて飾りだけの鳥じゃなかったら良かった。

誰もがいつかは、過去に踏ん切りをつけて生きていく。それは僕も同じで、いつか僕も、凜《りん》や麻利亜《まりあ》との過去にけりをつけ、前へと進んでいかなければならない日がやって来る。それがいつなのか、僕には分からない。けれど、それは今ではなかった。僕は麻利亜の現実を受け入れられないまま、凜の現実も受け入れられないまま、納得できないと駄々をこねる子供のようにその場に立ち止まっている。

みんな、僕を追い抜いていく。どんどん僕を置き去りにしていく。

僕は置き去りにされているのを悟られないように、友達やクラスメートの前では笑顔でいる事が増えた。自分が取り残されているのを、孤独であるのを気付かれないように、より一層人当たりの良い万能で勉強の出来る好青年を演じた。

それが正しい道なのかも、分からないまま。僕は一人、立ち止まり続けていた。

「む、むむ？　むむむむむ？」

聞いた事のある、声が聞こえた。

「に、二年ぶりですね、ジ、ジゴロ！」

「……」

僕はゆっくりと、顔をあげた。見慣れた病院から家までの道。住宅街の中にある、コンクリートで出来た歩道。

僕はそこで、驚きのあまり思わず目を見開いた。

「貴方は……！」

その女性は、白いワンピースを纏《まと》い、水玉の傘をさしている。そして僕をびしっと指さしながら、言った。

「驚いた……！　私を『認識』出来るとはっ。流石《さすが》はジゴロね！」

そこには、かつて遭遇した凜の母親が立っていた。

「驚いた……。まさか覚えているとは。もう二年よ？　普通は忘れているはず……。なにがどうなっているのかしら？　やっぱりジゴロは記憶力が命なの？」

「相変わらず、元気ですね」

気持ちが落ち込んでいただけに、凜《りん》の母親が現れるというハプニングに頭がついていかない。だけど、これはある意味物凄いチャンスなんじゃないだろうか。凜への手掛かりが完全になくなっていた今、この人が現れるというのは願ってもいなかった機会だ。

でも、いざこうして会うと、なにを言えばいいのか分からない。雨は変わらず降り注ぐ。見かねた凜の母親は、僕を見て言った。

「少し、雨が酷くなってきましたね……」

僕の状況を察したのだろう、凜の母親は、昔のように僕を責めたてるような文言を並べようとはしない。むしろ、僕の顔色を窺《うかが》っている。

「ええ」

僕は頭を一度だけ縦に動かした。凜の母親は、目線を宙に泳がせながら恥ずかしそうに提案する。

「あの、その、続きは私の部屋で、話しますか？」

これが精一杯の気遣いなのだろう。凜の母親は、濡《ぬ》れた僕に近づき、僕を傘の中へと入れる。僕はその場から動かず、言った。

「家は、どこにあるんですか？」

二年前、凜とこの人は別々に暮らしていた。てっきり凜についていったのかと思っていたが、まだこの街に居たらしい。もしここに居たと僕が二年前から知っていたら、多分真っ先に会いに行っていた。縋《すが》れる人は、この人しか居ないからだ。

しかし、この人がどこに住んでいるのか、僕は知らなかった。

「え？　今更、なにを言っているの？」

彼女は不思議そうに首を傾《かし》げてから、愚問だとばかりに、ある場所を指さした。

そこはとても見慣れた場所だった。僕は何度もその場所を訪れた事がある。僕がかつて、何度もインターフォンを押しに行った家。歩く度に階段がカンッと音を立てる、そんなアパート。僕が懐かしさと哀しさを感じるその場所を見つめていると、彼女は口を開く。

「私は三年前からずっと、凜の隣の部屋に住んでいましたが？」

その瞬間、僕は言葉を失った。

†　　†　　†

「今オレンジジュースを入れるから、そこら辺で適当にくつろいでいて下さい。え、えと、オレンジジュースでいいですよね？」

「はい、ありがとうございます」

僕はそう言って、椅子に腰かける。服はびしょ濡れになってしまったからか、タオルと、なぜかこの部屋にあった男物の洋服を凜《りん》の母親が貸してくれた。

ここはどうやらリビングのようだった。玄関に入ると、そのまま廊下を直進した場所にリビングがある。廊下の途中に寝室と思われる扉などがあった。一番奥にあるリビングは、十畳ほどの広さだろうか。

部屋の中心に、木製のテーブルが置かれていた。隣にはテレビが置かれ、窓からは住宅街の見慣れた景色が見える。

「その、こんな質問ってしちゃいけないかもしれないんですが……どこ行っていたんですか？　傘も差さないで」

凜の母親は、そう言ってオレンジジュースとコーヒーを置いた。コーヒーの置かれた僕の真正面にあたる席に腰かけると、コーヒーを一口啜《すす》る。

「ちょっと病院に」

「どこか、体調が悪いのですか？」

「いえ。ずっと入院している友達のお見舞いです」

「そ、そうですか」

聞いてはいけないものを聞いたかのような顔をして、凜の母親は申しわけなさそうに俯《うつむ》く。僕は気になったならもっと深い質問をしてこられても別に良かったんだが、敢えて自分から言う必要もないだろう。今度は僕が質問をしてみる。

「どうして、凜と昔から一緒に暮らしていないんですか？　仲良いのに。家族なんだから、一緒に暮らせばいいと思うんですが」

すると、凜の母親はコトン、とコーヒーの入ったカップをテーブルに置いた。湯気がカップから立っているのが見える。

僕に男物の洋服を貸す事が出来た、椅子が二つある、他にも、全ての物が二人分あるところからして、この部屋にはもう一人別の人間が住んでいると分かる。そしてその人は、恐らくは凜の父親だろう。

父親と母親、二人が居るのに凜は一緒に暮らさない。凜は当時、中学生だった。中学生はまだ親と一緒に暮らす年齢だと思う。

「うーん。話せば長いような、短いような」

「聞かせてほしいです」

「まあ、要するに、すったもんだあったの」

「長くなっていいので、もうちょっと詳しく話してほしいです」

凛《りん》の母親は考え込んだ後、言った。

「えっと……。今からなにを聞いても、その全てを受け入れてくれる？　取り乱したりしない？」

「まあ、それが真実だと言うのなら」

「たとえそれがどんなに受け入れがたい真実でも？」

「はい」

僕は頷《うなず》く。どんな真実であれ、それが凛の背負うものであったなら、僕はそれを受け入れてあげたかった。

「えとえと、私の口から話していいのかよく分からないんだけど……凛怒らないかなあ」

「凛と、そんなに頻繁に連絡を取っているんですか？」

「二、三日に一回程度は」

羨ましい。羨ましくて羨ましくて仕方がない。と言うか、憎い。憎くて憎くて仕方がない。僕には連絡の一つも寄越さないで、凛は一体なにをしているんだ。

「教えてほしいです。凛には内緒で」

「内緒、かあ」

「飴玉《あめだま》どうぞ」

「じゃあ話しちゃおっかな」

相変わらずだと思う。二年間の間なにも変わっていない。

凜の母親は僕が渡した飴玉の袋を自分の方へと引き寄せながら、言った。

「まず前提から話そうと思うの。信じられないかもしれないけど、聞いてほしい、かな」

ふうっと、凜の母親は溜息《ためいき》を吐《つ》いた。コーヒーは既に半分以上減っている。

日が傾き始めた。黄昏《たそがれ》の空が、窓から見える。

「おかしいと思った事、あったんじゃない？　凜について」

「まあ、ありましたね」

「例えば？」

凜と一緒に居る日々は楽しかった。暑い夏の日、凜が失踪して、僕は途方に暮れた。あの日の哀しみは今でも鮮明に思い出せる。どうして僕を置いて行ったのだという怒りと、自分のやるせなさと、後悔と、寂しさ。そしてその後僕を待ち受ける、現実。

「凜が退学してから、突然みんなが凜に関する記憶を全て忘れちゃったんですよ。普通、退学したからってすぐにその人を忘れたりはしませんよね？　でも、誰にも凜の話が通じない。みんな僕が凜の話をしだすと、妄想の女って言うんです」

「普通は、そうよ。普通は凜を認識出来なくなる。認識出来ている貴方が異常なの」

「異常って。僕の知り合いでも一人だけ覚えています、凜を」

成宮《なるみや》さんだって、凜《りん》の話が通じる。どうやって凜と知り合ったのかはよく分からないけど、とにかく成宮さんは凜を覚えているんだ。

「うーん。凜はね、ちょっと人とは違うの」

「なにがですか?」

僕は尋ねた。凜の母親は、重い口を開く。

「凜に関する全ての記憶は、一年しか持たない」

嘘《うそ》を吐いているようには見えない。きっとそれは真実だった。僕は如何なる真実でも受け止めなければならない。そうさっき約束した。

だけど、言っている意味がよく分からない。それは僕が予想していた真実とはあまりにもかけ離れたもので、僕は耳を疑った。念のため、質問してみる。

「えっと、それは凜の周囲の人間が凜を忘れてしまうって意味ですか?」

僕は驚いていないフリをした。それも、いつかは限界が来るかもしれない。

「そう」

凜の母親はコクリと頷《うなず》いた。おどおどとした様子はない。滑舌も良かった。

話は続く。

「勿論《もちろん》、例外はあるの。例えば、凜を強く心の中に留めている人間は、稀《まれ》に記憶が一年以上持ち続ける可能性がある。貴方も私もそう。でも、凜以外のものに少しでも興味が向いたら、一瞬で忘れてしまう」

笠井《かさい》も、佐藤《さとう》も、一瞬で凜を忘れた。

凜が守衛《しゅえい》中学に転校してきたのは、中二の夏。凜が僕達の前から姿を消したのは、中三の夏。

丁度、一年になる。

「個人差がある、と言うのが正しいのかも。殆《ほとん》どの人は、約一年凜を認識出来る。勿論、一、二週間の誤差はあるけど。でも、凜を毎日のように考えていたり、想っていたりすると、稀に記憶が保持され続け、何年も覚えていられるの。多分、だけど」

「えっと、話が飛躍しすぎて頭が追い付かないんですが、えとえと」

「なに？　なにが分からない？」

凜の母親は一度話を中断する。どうやら、僕に質問させてくれるらしい。

「どうして、凜がそんな状況に陥っているんですか？」

普通はそのような状況に陥ったりしない。凜の母親は俯《うつむ》くと、また視線を僕に戻して言った。

「凜が優しすぎるから、かな」

「優しすぎる、から？」

優しいと、どうしてそのような状況になってしまうのだろう。もっと色んな話を教えてほしかった。僕にもっと色んな話をしてほしかった。

しかし、僕の質問には、彼女は答えてくれなかった。

「凜《りん》の父親は、あの子が九歳の時に記憶を失ったわ」

僕は押し黙る。また質問なんて、出来そうになかった。凜の母親の言葉が、あまりにも重すぎたからだ。

「でも、責められないでしょ？　背負う事を放棄した彼が羨ましいけれど、いつか私も、凜を忘れてしまうかもしれないから。個人差があるだけで」

二つの椅子、ペアのカップ、男物のTシャツ。

この部屋には、もう一人別の人が暮らしている。それは決して、凜ではない。

「以来私達と凜は別々に暮らしているの。たまに様子見に行ったりはするけどね」

「……」

「そして私も、いつかあの子を」

「忘れないで下さいよ。母親でしょうが」

僕は咄嗟《とっさ》に口を開く。

言い終わる前に、言っておいた。言い終わってから言ったのでは、遅い気がした。どんな理由であれ、家族に忘れられるのは哀しい。

僕が荒い吐息を漏らしながら言うと、凜の母親はなにを思ったのか、からからと笑う。

「まあ、ジゴロでサイテーな貴方には、凜の居場所は絶対教えてあげませんからっ。凜は渡しません！」

笑って、笑って、その後黙った。

黙って、僕を見る。

僕は、言った。

「教えて下さいよ、凜の居場所」

尚更に教えてほしかった。どうして、そんな大切な話を僕に黙っていたんだって、凜に詰問したいくらいだ。僕は信用されていなかったって事なのか？　どうして僕を頼ってくれなかったんだろう。もっと僕は、凜の力になりたかった。

「知りたい、ですか？」

「勿論《もちろん》」

「だけど、ジゴロに凜は渡しませんよ⁉　だから本音を言うと教えたくありません！」

「今までずっと言いたかったんですけど、僕ジゴロじゃないです」

「む、むう……まあ、言われてみれば、凜を今でも覚えているし、そうなのかも……」

「気付くのが遅いです」

凛《りん》の母親は、ふうっと息を吐くと、口を開く。

「じゃあ、ここで居場所は言えませんが、仕方ないのでヒントくらいはあげてもいいです」

「本当ですか？」

やっと、凛の有力な手掛かりが得られそうだ。この二年間、全くと言っていいほどなかった手掛かりが、目の前に迫っている。

すると、凛の母親はなにを思い出したのかぷるっと肩を震わせると、言った。

「成宮詩花《なるみやしいか》って言う貴方のクラスメートは、凛の居場所を知っています」

「……は？」

予想していなかった答えが返って来る。どうして、成宮さんが凛の居場所を知っているのだろう。

「昨日、家まで押しかけて来て、その……物凄い剣幕で凛の居場所を訊《き》いてくるので、拷問されているみたいな気分になって、さっさと教えて帰ってもらおうと思い教えちゃいました」

「なんで成宮さんがこの場所を知っているんですか⁉」

この場所を知っていたなら、僕に教えてほしかった。そうすればもっと早く会えて、もっと早く手掛かりを手に入れられたかもしれないのに。

あ、もしかして、僕の家に押しかけて来た時に言っていた「アテがある」というのは、凛の母親の居場所を知っているという話だったのか？　もしそうなら、きちんと成宮さんの話を聞いておくべきだった。

　凛の母親はなにを思い出したのか怯《おび》えたような顔をして、僕を見る。

「私だって知らないわよう……。きっと凛が二年前に教えたんじゃない？　ホント、凛ってば私の子なのにどうして貴方やあの子みたいな怖い人と話していたのかなあ。あ、そうだ」

　凛の母親は席を立つと、すぐ近くにある戸棚をごそごそとなにかを探しているのかあさり始める。それから凛の母親は、僕の目の前に先ほど戸棚から取り出したらしい一冊のノートを置いた。そのノートは、水玉柄の可愛らしいノートだった。角が擦れているところからして、結構前のものだろうか。

「あげます。私が持っていても、仕方のないものですから」

「凛の、私物ですか？」

　一応確認として訊《き》いてみた。返事はない。

代わりに、こんな言葉を掛けられる。

「貴方は、背負う必要なんてないんですよ？」

　念を押すように、凛の母親は言う。僕は背中を向けたまま、顔だけ後ろをふりかえり、言った。

「今度、服を返しに来ますね。凜《りん》と一緒に」

「え、えとっ。もう少し躊躇《ためら》うとか、そういうのはないんですか⁉」

「ありませんよ、僕は」

「言っておきますがっ、凜は貴方みたいなタイプは好きじゃないと思いますっ」

いつの間にか、凜の母親はいつもの調子に戻っていた。その様子を見て、僕はクスッと笑う。

「じゃあ、そろそろ僕、帰ります。ありがとうございました」

「も、もう二度とっ。朝霧《あさぎり》家の敷居は跨《また》がせませんからっ。来ないで下さいねっ」

「それは残念です」

「ふふんっ」

「また来ますけどね」

「なぬ⁉」

僕はノートを手に持ち、廊下を歩く。僕は靴を履き、扉を開ける。

僕はそのまま、傘も借りずに外へと出た。

まだ、雨は降っている。今日はずっと雨が降っているだろう。僕は手にしているノートを開くと、それに目を落とした。そこには、見覚えのある字でみっちりと文字が書いてある。これは紛れもなく凜の字だ。

僕はそこに書かれた文章を、立ち止まって黙読した。

† † †

幼い頃の私は、毎日が楽しくて仕方がなかった。日々泥だらけになるまで遊んで、家に帰れば優しい笑顔で家族が迎え入れてくれる。温かいご飯を食べ終わると、私はぐっすりと温かいベッドの中で眠る。

そういう、当たり前の幸せな日々。

眩《まぶ》しく照り付ける陽ざしの中、私はまた、目を覚ます。

洋服に着替え、朝食を食べると、私は駆けだした。赤い鳥居に向かって、私は全速力で走っていく。

「＊＊ちゃん！」

「凛ちゃん！　こっちこっち！」

そこには、大切な友達が居る。私の、一番大切な、とってもとっても大切な友達が。

今では、名前も思い出したくないような、その人が。

「今日はなにして遊ぶの？」

「まずは、神様にお願いをしてから考える！」

私は手水舎《ちょうずや》で体を清めると、石段を駆け上がって、ポケットに入っていた十円玉を賽銭箱《さいせんばこ》に投げ入れた。鈴を鳴らし、頭を深く二回下げると、二回拍手《かしわで》を打ち、目を閉じる。

「＊＊ちゃんの病気が、治りますように！　＊＊ちゃんの病気が、良くなりますように！
＊＊ちゃんの――――」
「凛《りん》ちゃん……」

「＊＊ちゃんばっかり、可哀想です！　私が代わってあげたいくらい……可哀想です！」

幼い頃の私は、どこまでも真っ直ぐな性格だったと思う。駄目なものは駄目だと思っていたし、身近な人が困っていたら助けなければならないと思っていたし、私に出来るなにかがあったなら、その全てをするべきだと思っていた。

今思えば、自分は世間知らずだったのだろう。

自分の行いに対する報いは、必ず返って来るのだと信じていた。自分が優しくすれば、皆から優しくされるのだと、信じていた。

「神様！　どうか、＊＊ちゃんの病気を治してください！」

毎日神社にお願いをしに行って、毎日私はそう願った。

願ったって、それが叶《かな》うとは限らない。だけど当時の私は、私に出来る最大限をするべきというその信条に従い、毎日ここに足を運ぶ。

「さあてと！　なにして遊ぼっか！」

私の心友、＊＊ちゃんは、初めて私と会った時、こう言った。

『自分は一年でみんなから忘れられてしまう。そういう病気なんだ』と。

私はその意味がよく分からなかったけど、それはとても可哀想だと感じた。事実、彼女の周りに居た友達は、みんな彼女を忘れていく。みんなある日突然、なんの前触れもなく彼女を忘れ、彼女を気味悪がり、離れていく。

「じゃあ、かくれんぼする？　二人だし！」

いつしか、彼女を覚えているのは、彼女を心友だとずっと思い続けてきた私だけになっていた。

彼女の周りには、もう私しか居なかった。

「さんせー！」

私は余計に気負った。ここで私まで彼女を忘れてしまったなら、彼女は完全に孤立してしまう。私はそれに、罪悪感すらも覚えないのだろう。そんな私の姿を見たら、彼女はきっと悲しむに違いない。

私だけは、彼女の味方でなくてはならないと思った。

私まで彼女を忘れてしまうのは、あまりにも彼女にとって酷い話だ。

「じゃあ私が鬼ね！　＊＊ちゃんは、十秒の間に隠れてね！」

彼女に出会って、もう三年。家からすぐ近くの神社へのお参りも、もう二年の間休まず続けている。

彼女は、私が目を瞑《つぶ》っている間にどこかへ走っていく。二人きりのかくれんぼは寂しい。でも、文句は言えない。

神様。

どうして彼女だけが、こんな可哀想な目に遭わなくてはならないのですか？

私は毎日を幸せに生きているのに、どうして彼女には、それが許されないのですか？

私にはなにも出来ないなんて。私にはどうする事も出来ないなんて。

見ているだけなんて、辛い。ただただ友達がみんなの心の中から消えていくのを、見ているだけだなんて。

私にも、彼女を助ける術《すべ》を与えて下さい、神様。

「きゅー、じゅう！　もーいーかい？」

私がそう叫んでも、どうしてだろう、返事がなかった。

「もーいーかい？」

返事はない。私は首を傾《かし》げつつ、辺りを見回す。

彼女は、どこにも居なかった。きっと、もう隠れたに違いない。

「もう探しちゃうよー？」

私は神社の中を歩き回る。神社の中で隠れられる場所なんて、限られていた。私は砂利道を歩きながら、茂みの陰などに入り込む。

いつもは、かくれんぼをしたら、五分くらいで決着がつく。二人だけのかくれんぼなんて、所詮は暇つぶし程度にしかならない。でもその日は、十五分くらい探しても、彼女を見つけられなかった。

もしかして、神社から出た場所に隠れているのだろうか？

私はそう思った。この神社はとても小さい。私はくまなく神社を探したし、彼女が隠れられるような場所なんて、もうどこにもない。

「神社から出ちゃ駄目って、お母さん前に言ってたよー？」

私は叫ぶ。私が叫べば、もし神社内に彼女が居た場合、なんらかの反応があるのではないかと思ったからだ。

それでも、反応はない。私は顔を顰《しか》めながら三段ほどの神社の石段を下りる。それから車道の方をきょろきょろと見たが、生憎彼女の姿は捉えられない。

「もう！　＊＊ちゃんの馬鹿っ！」

かくれんぼを始めて、もう二十分が経過しただろうか。私は最悪の事態を想定し、もしかして彼女が誘拐でもされたのではないかと不安になって、とりあえず近くにある彼女のお家の方まで行ってみようと思った。

もう私の力では見つけられない。だからもし彼女がそこに居なかったとしても、彼女のお母さんに頼んで一緒に探してもらおうと思った。

私は神社を出て左に曲がると、少し早歩きで彼女の家を目指していく。確か、彼女の家は神社を出てすぐを左に曲がって、ずっと真っ直ぐ歩いていけばあるはずだ。私は不安で胸を一杯にしながら、脇から嫌な汗を溢《あふ》れ出《だ》させる。

五分ほどして、彼女の家である一軒家に辿《たど》り着《つ》く。そこは、とても大きくて、綺麗《きれい》な一軒家だった。入り口には沢山のお花が咲いていて、鉢植えには可愛らしい熊の飾りが置かれている。私もいつか、結婚したら、こんな家に住んでみたい。

私は震える手で、そのインターフォンを押す。友達の家だけど、その高そうな造りに、思わず緊張した。

ピンポーン
『はい？』

すぐに誰かが出た。女性の声だから、きっとこれはお母さんだろう。

「あのっ！　朝霧凛《あさぎりりん》です！　＊＊ちゃんは、もう家に居ますか？」

『居るけど、会いたいのかな？　＊＊に』

「はいっ！」

『凛ちゃん、ね。ちょっとそこで待っててね！』

私はほっと息を漏らした。なんだ、彼女はもう家に帰っていたのか。見つからないのも、不思議はない。

同時に、怒りを覚えた。かくれんぼに賛成してくれたのに、私にはなにも言わないで勝手に家に帰るなんて、最低だ。謝ってもらわないと、気が済まない。

扉が開く。彼女が、不思議そうな表情をして顔を覗《のぞ》かせた。私をじっと見て、首を傾ける。

「＊＊ちゃん！　どうしてかくれんぼしてたのにすぐ帰っちゃうの！　早く続きしようよ！」

「……？」

彼女は、不思議そうな顔をして私を見た。なにを言っているのかよく分からない、そう言いたげだ。私はその目に腹が立って、余計に怒り出す。

「とぼけないで！　もうっ！　＊＊ちゃん謝ってよっ！」

どうして、すぐ謝れないのだろう。悪いのはどう考えても彼女の方だ。

「＊＊ちゃん！」

「だあれ？」

心無い言葉が、静かな住宅街に響き渡る。

私は、その瞬間、世界がひっくり返ったような驚きと、底知れない恐怖に打ち震えた。

「ちょっ……＊＊ちゃん？　なに言って」

「ママー。知らない女の子がいるー」

「あら、友達じゃないの？」

「違うもん。私、こんな子知らないもん」

「なに言ってるの、＊＊ちゃん！　さっきまで一緒にかくれんぼしてたじゃない！」

「ママー！」

なにが起きている？　こんなのっておかしい。どう考えたっておかしいに決まっている。こんなの、あってたまるものか。こんなの、あり得ない。誰か否定しろ。これは夢だ。

「そっか」

そう言って――――。

私はそこで、妙に冷静になってしまった。幼いながらに、全てを悟った気持ちになった。

私はこの光景を、知っている。その時、忘れられたのは、私ではなかったけれど。

私は知っている。これがどういう意味なのかを。今自分の目の前で、なにが起きているのかを。

『私が代わってあげたいくらい……可哀想です！』

ああ。なんだ。

私が、望んだのではないか。

でも、こんなはずじゃ、なかったのに。

気味悪そうに、彼女とその母親は私を見た。

私は彼女達が扉を閉めるよりも先に、どこへ向かうわけでもなく走り出す。

走りながら、勝手に涙が溢《あふ》れ出てきた。途中、私はよろめき、足をもつれさせる。地面に膝が擦れる。痛みが走った。私はそこで上半身だけを起こすと、地面にぺたんと足をつけて、茫然《ぼうぜん》と空を見上げた。

なんだか、ますます涙が出てきた。私はそのまま、その場で泣きじゃくった。


時が経つ。一年、二年、三年と。

何度も何度も、忘れられる。忘れられるのが辛くなって、私は忘れられる前にその場から居なくなるようになった。

幼い頃の私は、毎日が楽しくて仕方がなかった。日々泥だらけになるまで遊んで、家に帰れば優しい笑顔で家族が迎え入れてくれる。温かいご飯を食べ終わると、私はぐっすりと温かいベッドの中で眠る。

そういう、当たり前の幸せな日々。

今は、そんな気持ちなど、忘れた。

「ねえ、＊＊」

私は一人、部屋の中でそっとその名を呟《つぶや》く。

私は忘れなかったのに。頑張って忘れないようにしていたのに。

今、私の周りには、手を差し伸べてくれる人なんて誰も居ない。

「良かったね。普通に生きられるようになって」

彼女は、私と入れ替わるように、そのような体質から脱却した。私は何度も何度もみんなに捨てられる。彼女は沢山の出会いを通し日々を豊かにしている。

神様は、私の願いを本当に叶《かな》えてくれた。

きっともう、ずっと昔に叶っていたのだ。それなのに私は、毎日せっせとお願いしに行って。

それはきっと、滑稽な姿だったに違いない。

でも私に、後悔はないのだ。

私の努力なんて、所詮彼女にとってはあっさりと忘れてしまうほどどうでもいいものだったとしても。

私という存在が、その程度の価値しかなかったのだとしても。

「だってこれは、私が望んだ選択なんだもの」

そして今日も、私は誰かに忘れられる。

誰が悪いわけでもない。私は誰も責めはしない。

だって全部、誰かが助けてくれると期待していた、信じていた私が馬鹿だったってだけなのだから。

第六章　夏祭りと約束。

「成宮《なるみや》さん。話があるんだけど」

「それって凜《りん》の話？　即ち私の話？」

　次の日の昼休み。

　僕は成宮さんと一緒に昼食をとっていた。僕はコンビニのカレーパンと焼きそばパン、成宮さんは母親が作ったものらしき美味《おい》しそうなお弁当。教室の席を隣同士でくっ付けて食べるなんて、僕自身初の試みだ。別にこの一連の行為は、凜の居場所が訊《き》きたいっていう下心があるからとかじゃない。決してそんなんじゃないんだ。僕がこうして成宮さんと食事をする事によって成宮さんがついぽろっと凜の居場所を口にしちゃう、なんて期待はこれっぽっちもしてないのだから。

「まあ、それもあるんだけどさ、その……そろそろ夏祭りだよねっていう……」

　さり気なく夏祭りに誘う。これは昨日の夜、部屋の中で一人作戦会議を開いていた時に考えた案だった。別にこれによって成宮さんと仲良くなって、ついぽろっと凜の居場所を口にしちゃう、そんな展開を望んだものでは決してないのだ。

「その、夏祭りって、商店街の？」

「そうそう。毎年そこの商店街でやるやつ」

「それで私と二人きりになって、凛《りん》の居場所を聞きだそうっていうの？」

いやいや、あくまで僕のこの誘いは、そんな下心に溢《あふ》れたものでは決してなくてですね。あくまで成宮詩花《しいか》さんという素晴らしい女性と親睦を深めるために言っているんですよ、ええ。

「で？　そうなの？」

「……すいませんでした！」

あれ？　僕なに言っちゃっているのさ。

「そういう素直で正直なところも、昔っから変わってない」

「そうかな？　僕って偏屈だし素直じゃないと思うけど」

そんな僕とこうして一緒に食事をしてくれる、そういう成宮さんの優しいところは、僕もありがたいと思っている。成宮さんは、凛を最初馬鹿にした。だけど、喋《しゃべ》ってみれば、普通の元気な女の子だ。それは好きという感情では決してないけれど、ありがたい事この上なかった。

「それより、成宮さんはどうして凛のお母さんの住んでいる場所を知っていたの？　それが意外だったんだけど」

僕が知らない情報を成宮さんが知っているっていうのはちょっと心外だ。僕の方がずっと凛《りん》を色々知っているのに、どうして成宮《なるみや》さんに先を越されなきゃいけないんだろう。

「ああ。それは、凛に昔訊《き》いたらあっさり教えてくれたけど。アンタこそ、どうして知らなかったの？」

「多分、それを質問すべき場所で僕は凛のお母さんの年齢を訊いたからだと思う」

「はあ？」

僕だって訊きたかった。だけど、いざ訊こうとしたら、なんか違う言葉が出てきちゃったんだ。

「てか気になったんだけど、成宮さんって、凛と仲良かったの？　ん？　成宮さんって転入生だよね？　どうして凛を知っているの？」

時間軸にズレが生じている気がする。最近守衛《しゅえい》高校に転校してきたんだから、守衛中学に通ってそのまま退学した凛とどうやって知り合ったんだろう。

「凛とは仲良かったって言うか……それなりには話したけど。まあ女子の世界には色々あんの！　それに私が凛だしねっ！」

「まだそれ言うか」

「でも、その、さ。昔、私に言ってくれた、その」

「なに？」

もじもじと頬を赤らめながら、成宮さんはおずおずと尋ねる。

「か、可愛いって、言うのは……本当？」

「可愛い？　成宮さんが？　それは誰しもが皆思っているんじゃないの？」

「そ、そうじゃなくて！」

「え？　そういう可愛いじゃないの？　どういう可愛い？」

「違くて！　その」

　ふいっと横を向きながら、成宮さんは怒ったように口を尖《とが》らせる。

「お、女の子に、最後まで言わせるつもり？」

「え？　可愛いよ、成宮さんは……って返答じゃ駄目なの？」

　なにが正解なのかが分からなくなってきた。

「もう！　いい！　ばか！　ばあか！」

　口で罵るだけ罵って、成宮さんはお弁当の卵焼きを口に思い切り詰め込み始める。やがて喋《しゃべ》る事が出来なくなるまで詰め込むと、もぐもぐと咀嚼《そしゃく》しながら、僕の視線を感じたのかふいっと横を向いた。なにがあっても、頑《かたく》なに僕を見ようとしない。

「……可愛いね」

　僕は自然と笑いながら、そんな言葉が口を突いて出る。でも、言ったそばからその言葉の意味を理解し、唇を強く噛《か》みながら黙り込んだ。

　あれ？　今度こそ本気で、なに言っちゃっているのさ、僕。

可愛いって？　誰が？　成宮《なるみや》さんが？

凛《りん》というものがありながら？　いや、確かに成宮さんは可愛いよ？　普通に見て可愛い。だけど、僕には凛っていう女性が……。

自分の言葉に、他でもない自分が驚く。成宮さんも驚いて卵焼きを詰まらせたのか、

「んー！」と声にならない叫びをあげていた。

「い、いや、その！　今のはカットで！　なしっ！」

苦し紛れに僕は弁解をする。

なんだか、成宮さんが居るだけで調子が狂う。こんなの、今までの二年間で一度もなかったのに。

凛が誰に忘れられたって、僕が凛を覚えていればそれでいい。

そう思って、僕は今まで凛を待ち続けたのではないか。それを、成宮さんによって狂わされるなんて、あっていいはずがない。そう、あっていいはずがない。

「もう！　荻野《おぎの》なんて知らない！」

やっと卵焼きが飲み込めたのか、成宮さんが叫んだ。

僕も普段は汗っかきではないのにそこら中から汗が滲《にじ》み出る中、謝る。

「ごめん……。なんか僕にもよく分かんないや」

「ええ？　なにが分かんないの⁉」

今度は突然心配そうに顔を覗《のぞ》き込《こ》んできた成宮《なるみや》さんに、僕は答える。

「え。その、なんかどうかしていたみたいだって」

「どうかしていたから言ったの？　じゃあ、ほ、本心じゃないっ、の……？」

「いや、可愛いとは思っているけどさ」

「ばあか！　恥ずかしげもなく言うなジゴロ！」

次は頭を殴られた。最早なんて言ってほしいのか本気で分からない。

「まあ？　そんなに夏祭り一緒に行きたいって言うんなら、行ってあげてもいいけど？」

一通り僕を殴ってから、疲れ果てたのか手を止め、成宮さんは言う。僕はそのあまりの意味不明な行動に目を丸くしてから、思わず笑って答えた。

「やっぱり君は、凛《りん》じゃないね」

「わ、私は凛よ！」

慌てたように否定する。僕は続けた。

「君は凛より、ずっとずっと、自分に対して正直じゃないか」

すると成宮さんは、眉を寄せて尋ねる。

「……どういう意味？」

僕は続ける。

「凛は自分にまで嘘《うそ》を吐《つ》いていた。でも君は違う。それって、普通に考えてすっごく良い事だと思うよ？」

「そ、そうやって褒めても、なにも出てこないから！」

「――――だから君は、もっと今の自分に自信を持てばいいのに」

「……！」

僕の何気なく言った一言に、成宮さんが目を見開く。顔を見られたくないのか、慌てたように俯《うつむ》いた。しばらく沈黙が続く。僕はなにか、変な言葉を言ってしまっただろうか。

言ってはいけない言葉を、口にしてしまっただろうか。

「そう、そうやっ、そうやって、そうやって！」

成宮さんは勢いよく顔を上げた。

その顔は、前にどこかで見た事があるような、涙を堪えた表情で。

その顔は、僕の記憶のどこかに引っかかって。

「荻野《おぎの》のばああああああか！」

「えええええ？」

成宮さんは咆哮《ほうこう》すると、弁当を置いたまま教室のドアから飛び出していった。そのあまりの速さに、僕は席から立ちあがって追いかけるという選択肢すら忘れてしまう。

教室に居る生徒の何人かが、僕を見た。それから、クスクスと笑ってなにかを囁《ささや》き合う。きっと、僕と成宮さんの噂《うわさ》をしているに違いない。僕には、凛という掛け替えのない女性が居るっていうのに、それを知らない人達は楽しそうだ。

なんだか、調子が狂いに狂って、もう三百六十度回転しちゃった気がする。どこか冷静になった頭で考えると、僕はズボンのポケットに入っているケータイが振動しているのに気が付いた。ポケットからケータイを取り出し、ボタンを押すと、そこには一通のメッセージが現れる。

『夏祭り、何時にどこ集合？　遅れたら承知しないから！　あと、アンタのせいで教室入りづらくなっちゃったじゃない。どうしてくれんの？　ばーか』

僕はこのメッセージを見て、クスッと笑った。あんなに怒っていたのに、もう夏祭りの話をしている。それに教室に入りづらくなったのは自分が叫んだからで僕のせいじゃないのに、僕のせいにしてきたり、騒がしい人だ。

考えれば考えるほど馬鹿馬鹿しいけど、これがもしかしたら、普通の高校生活ってものなのかもしれない。

僕はケータイを操作し、成宮さんにメッセージを返す。

『どうして僕のLINE知っているの？　笠井《かさい》に訊《き》いた？　当日六時に商店街の時計台の前かな。それと、勝手に飛び出したのはそっちだから！』

それを送ってから一分後、成宮《なるみや》さんは頬を膨らませたまま、恥ずかしそうに教室に戻って来た。

† † †

「金魚！　金魚掬《すく》いしよ！　あ、射的もする！」

「はいはい」

「……凛《りん》の居場所教えてあげないわよ？」

「それは困る！」

　夏祭り当日。僕達は六時に時計台で落ち合うと、早速露店を回っていた。成宮さんは事前に準備をしていたのか、ピンク色の花柄の浴衣姿で現れる。長い髪もきちんと結ってあって、花の髪飾りが揺れていた。いつもとは違う服装のせいか、どこか異なる印象を持たせる。

　凛が居た二年前にも、確かこんな女の子が居た。ピンク色がよく似合う、明るく活発な女の子。四月の時は僕と席が隣だった気がする。今すぐには名前は思い出せないけれど、なんていう名前の女の子だっただろうか。

「早く行こ行こ！」

　成宮さんは満面の笑みではしゃぎまわりながらそこら中をきょろきょろと見回す。

　笛や太鼓の音がした。沢山の人がこっちへ向かって歩いてくる。その一方で、僕達と同じ方向へ向かう人達も沢山居て、暑いし道が狭くて息苦しい。そういう雰囲気がまさしくお祭りらしくて好きではあるのだけれど、成宮《なるみや》さんの元気の良さは半端じゃなくて、どんどん僕の前を歩いていくと、楽しそうに叫ぶ。

「あ！　やっぱりたこ焼き食べたいかも！　たこ焼き先食べよ！」

「えっ？　あ、ちょっ！　走らないでってば！」

人ごみをかき分けるようにして、僕は成宮さんの背中を追いかける。

どうして僕は、今、凜《りん》ではない女性の背中を追いかけているんだろう。変だ。こんなのっておかしい。僕らしくない。

だけど、成宮さんしか凜の居場所を聞きだせるような人は居ない。そうなると、やはり成宮さんと仲良くするのは必要だ。

そしてなによりもおかしいのは、これは凜の母親のせいでこういう状況になったのに、僕自身このお祭りがちょっと楽しかったりするってところだ。

「ちょっと迷子になるってば！　てか、もう成宮さんどこ⁉　見失った！」

「ここー！　馬鹿なんじゃないの？　男のくせに鈍足ね！」

ひらひらと右手を大きく振って見せる成宮さん。

「鈍足なんじゃない！　成宮さんが子供みたいにちょろちょろ動き回るから！」

「追いついてみなさいよー！　出来なきゃアンタは鈍足決定！」

僕は必死に、成宮さんの背中を追いかける。

僕はいつか、前を向いて生きていくべきだった。誰しもが、過去と向き合い、踏ん切りをつけ、遅かれ早かれ前を向いて生きていく。それが普通。それが本来あるべき姿。

凜の母親は、僕に『背負う必要はない』と言った。

成宮さんは、『過去を引きずらなくたって、淡い記憶の中に閉じこもらなくたって、十分幸せになる権利が、あるんじゃないのかな?』そう言った。

成宮さんの小さな体を追いかけ、彼女を無理矢理捕まえる。そんな彼女の右手には既にたこ焼きがあって、彼女は竹串を一本僕に差し出しながら、鼻を鳴らして笑った。

「たこ焼き美味しい！　やっぱり、たこ焼き大好き！」

ふーふーと、竹串に刺したたこ焼きに息を吹きかける。成宮さんはそれからそのたこ焼きをまた一口頬張ると、「んー！」とほっぺに手を当て顔を綻ばせた。

僕もそれを見て、一つたこ焼きを貰《もら》う。そのたこ焼きを口にして、僕は言った。

「そうやって子供みたいに走り回るところ、全く凜じゃないから！　もう少しツンデレ?と言うか不器用な感じ?　みたいなものを追究しないと全く凜に似てない！　凜に八重歯なんてないし、最近じゃもう黒髪ってくらいしか似ているところないから！」

すると、拗《す》ねたようにそっぽを向いて言う。

「ふんっ！　アンタのお墨付きなんて要らないわよ！　それに、この八重歯は私のアイデンティティーなの！」

「じゃあ、なんのために凛《りん》の真似をしたの」

僕がそう尋ねると、次に成宮《なるみや》さんは困ったように目を泳がせながら反論する。

「ふ、ふん！ もっとデリカシー持ちなさいよ！ 別にアンタのためでもなんでもないわよ！ 私が凛の真似をしたかったの！」

「はい！ 今凛の真似って言ったー！ まあた凛じゃないって自白したー！」

「アンタは小学生かっ！」

そうやってたこ焼きを食べて、僕達はまた歩き出す。

少し前まで、僕は成宮さんなんて大嫌いだった。凛を騙《かた》る、サイテーな奴。僕に付きまとって、僕の中の触れられたくないものに容赦なく触れてきて、かき乱し、その上僕の前で笑ったり怒ったり、意味不明な行動を繰り返して。

こんな奴、今考えただけでも腹が立つし、イライラする。

勝手に怒って、勝手に笑って、勝手にはしゃいで。

本当に、こんな奴なんて。

あと一歩なんだ。凛に届くまで、あと一歩。僕はあと少し頑張れば、凛に会える。

そしたら、また僕は、あの日常に戻れる。僕はまた、凛と一緒に歩いて行ける。それは僕がずっと望んでいた日常だ。

こんな日常、御免だ。また、凜の居たあの日常に、戻りたい。

――本当に、それでいいのか？

「成宮さんっ！　そんなに走ったら迷子になるから！」

「ふえっ？　ちょっ、な、なにを……」

――それは、この平和な日常をかなぐり捨ててでも、手に入れなくちゃいけないものなのか？

僕は、成宮さんの左手を握りしめる。成宮さんは、あまりに恥ずかしいのか一瞬僕の手を振り払おうとした。でも、彼女は振り払わない。成宮さんはこちらを振り向きながら、一度自分の手を見つめ、顔を真っ赤にして口元を震わせる。

「ふぁ、え、ちょ」

上手く言葉が出ないのか、成宮さんは変な声をあげながらその場に固まったように動かない。

『貴方は、背負う必要なんてないんですよ？』

背負っているとは、思っていない。僕は凜を重荷だと感じていない。凜がどのような境遇であっても、僕は凜が好きだ。彼女との人生は、決して平坦《へいたん》なものではないだろう。それは茨の道だ。でも、成宮さんとなら、成宮さんとなら……。

僕には守れなかった過去がある。

失ってしまったものがある。

僕は、初恋で失敗した。僕はその恋を通して、自分の無力を知り、己の限界を知り、次こそは、失敗しないと心に誓った。

次は、守らなかったのを後悔するような、そういう失敗はしたくない。やらなかった後悔より、やった後悔の方が、ずっと良い。そう思って。

でも僕は、結局また守れなかった。

麻利亜《まりあ》は僕を責めない。麻利亜はきっと、僕を憎いとすら思っていない。

彼女が僕に笑いかける度、僕は彼女の普通の生活を守れなかったのだと思う。きっと、麻利亜は僕に助けを求めていた。彼女が悩みを抱えているのを、僕だけは知っていた。僕にだけは、教えてくれていた。

だけど、僕は、無力だから。傷つくのが怖い、臆病者だから。

彼女が笑いかけてくれる度、どこかほっとするのだ。

「もう、逃げないでくれよ、君だけは」

「えっ、えっ、は、はあ?」

みんな僕の前から居なくなる。みんな勝手に、居なくなる。

僕には凜《りん》の居ない二年間、よく考えた仮説がある。

もし凜に会わなかったら、僕は誰かをこんなにも守りたいと、一緒に居たいと、そう思える瞬間に遭遇出来なかったかもしれない。

これは、一度失敗した僕にとって、今度こそ守ろうと決めた、僕の決意だった。

でももし、もし、それが凛ではなかったなら。

僕はその凛とは違う女性と、凛と同じような、楽しくて眩《まぶ》しくて愛おしい記憶を築き上げられたのだろうか……？

それは仮定の話だ。しかし、凛に出会わなかったら、別の人と、また違った幸せな記憶を紡ぎあげられたんじゃないだろうか。そしたら、僕はこんなにも悲しむ必要なんてなくて、失うものもなくて、その人と普通の幸せの中を生きられたんじゃないだろうか。

「も、もう逃げたりなんかしないから！　迷子になんてならないから！　その」

「手を放してほしい？」

「え？　そ、それは違う……！　で、でも、なん、か……恥ずかしい」

小さな声でそう言った成宮《なるみや》さんを、僕は見つめる。

ねえ、凛。

僕は幾度となく心の中でそう呼びかけ、それに返答がないのを悲しんだ。凛はどこにも居ないのかもしれない。もしかしたら、凛なんてそもそも実在しなくて、凛と過ごしたあの時間は、全て夢の世界での話だったのかもしれない。

僕が凛の居る世界という夢を見たのか、それとも、僕は凛の居ない世界という夢を見ているのか。

誰も、凜《りん》の存在を肯定してくれなかった。それは妄想と言われた。誰？　と言われた。

僕は二年待ったんだ。たったの四ヵ月ちょっとしか話せなかった君を。

君は帰ってこなかった。これからだって、帰ってこないかもしれない。

君は、僕の告白に一度だってオーケーしてくれなかったね。二年経っても、手紙の一つ寄越さない。まるで僕と凜の過ごした時間なんて、そこにはなかったみたいだった。

僕は本当に臆病者だと思う。これ以上、傷つくのが怖い。逃げているのは分かっている。だけど、僕にだって、普通の幸せを、得る権利があるとは思わないかい？

もう、楽になってもいいかい？

君を、待つのを。君を、好きでいるのを。

待っていたという、好きだったという、その記憶ごと失う事になってしまうのかもしれないけれど。

僕は、違う世界を見ようとしても、いいだろうか？

「成宮《なるみや》さん」

「ふぁい？」

君を待ったよ。誰も褒めてはくれなかったけれど。そもそも、褒めてもらうために待ったのではないのだから、褒めてもらいたかったわけではないのだけれど。

そもそも、僕が待っていたという事実自体、僕が本来取るべき行動だったのか、今の僕自身には分からないのだ。

もう二度と、間違えたりしないって決めていたのに。もう二度と、失敗しないって決めていたのに。

「僕はいつから、間違っていたと思う？」

「なにを？　え？」

凜。

君は、君を忘れてしまった僕を見たくなかったのかい？　だから、そんな姿を見る前に、僕の前から消えたのかい？

もし、そうならさ。

君は最初から、僕をこれっぽっちも信じてなかったって事だよね？

「僕は今まで、どうしてそんな簡単な事にすら気付けなかったんだろう？」

よくここまで頑張ったと思う。自分を、褒めてあげたくなる。

君はもう僕を忘れたかい？　苦しんでいたのは、もしかして最初から僕だけだった？

よくある話だと思う。だって所詮は僕の片想いなのだから。想っている方だけがひたすら傷つく。想われている方はそんなの知りもしなくて、気付きもしない。

僕は瞳を閉じる。誰かの笑う声が聞こえた。軽快なリズムで太鼓の音が鳴り響く。カラン、コロン、と下駄の音がした。成宮《なるみや》さんの体温を感じる。改めて彼女の手の感触を感じると、まだ手が小刻みに震えているのに気が付いた。
僕はこれからの自分を想像する。僕はこの二年、独りだった。そうだ、本当に独りだ。戦って、孤独に耐えながら凛を待ち、それすらも周囲に認識されない孤独と戦いながら、僕は生きてきた。

それは正しい選択だったのか？　そもそも、正しい選択とはなんだ？

「……アンタは、なにも間違ってない」

そうかな？　間違いだらけだったと思うよ。僕はいっぱい間違えたし、遠回りしたし、もしかしたら真実から逃げているだけの怠け者だったのかもしれない。

「私は、ありのままの荻野《おぎの》が好きだよ。馬鹿で、無鉄砲で、いつも凛の話ばっかり。自由で、楽しそうで、私の常識を超えてくる。そういう、私の知らない世界を……見せてくれる人」

違うよ。僕はそんなに凄い人じゃない。僕の常識なんて小さいよ。みんなが眩《まぶ》しいよ。自由でもないし、そんな風に僕を凄い人だと思わないでくれ。

「だから、迷ったりしないでよ……。私はね？　私はきっと」

僕は目を開けた。目の前に居る成宮さんは、いつの間にか涙を流している。

いつから、彼女は泣いていたのだろう。僕は彼女の涙を拭えるハンカチもティッシュも、なにも持っていない。

彼女は、ただただ、泣いていた。

「なにか一つに夢中になっている、凛《りん》をひたむきに追いかけている、幸せそうな荻野が好きなんだからさ」

いつだってそうだ。彼女の顔は、いつだって僕になにかを訴えかけてくる。

その顔は、どこか、僕の記憶の中に出てくる女の子に似ている。

その子は、華やかな服を着て、化粧をして、アクセサリーもいっぱいつけて、髪色は明るくて、いつも誰かと馬鹿な話をしながら笑っている。

その日は、桜の花びらが、はらはらと舞う季節。

僕と凛の、出会いの日。

あの子は編み込みをしようとして、悉《ことごと》く失敗していて。僕はそんな彼女に言ったんだ。

『もっと今の自分に自信を持てばいいのに』、と。

あの子も君も、笑うと八重歯がよく目立つ。

今なら、あの子のゼッケンに書かれていた名前を、全部思い出せる気がするのだ。

そうだ。

試しに、あの子の名前を言ってみようか？

「君は、今も昔も、ずっとずっと……成宮詩花《なるみやしいか》だよ」

「え?」

そうだ。覚えているよ。今なら全てクリアに、思い出せる。

君は、凛《りん》が居なくなって、僕が学校に復帰してすぐに、転校したんだ。父親がイギリスに二年間転勤することが決まったからだ。彼女は佐藤《さとう》と仲が良くて、高校生になったら日本に戻って来ると話していた。

あの時の君は、今の君よりもずっと、君らしかったじゃないか。今なら思い出せる。君は転校する日になぜか僕を見て、なにも言わずただ笑ったんだ。

まるで凛のように。僕にはその意味が分からなかったけれど。その意味を、知ろうと努力をしなかったけれど。

彼女はいつか帰って来る。その事実だけを淡々と理解した僕は、いつものように好青年の笑顔を浮かべながら、『高校生になったら、また同じクラスだといいね』と言った。そしたら彼女は、『そうだね。私、必ず帰って来るから!』って、そう言った。

「君はさ、昔のままで十分可愛いんだから、もっと本当の自分に自信を持てばいいのに」

それを聞いて、僕は思ったんだ。

君は『いつか帰って来る』と高らかに宣言した。それは、当然のように思えた。いつかまた会おうという言葉は、なんの躊躇《ためら》いもない言葉だと思った。たとえそれが、社交辞令であったとしてもだ。

でも、凜はそうじゃない。

凜は僕になにも言ってくれなかった。ただ笑って、僕の前から消えた。

なにかを言おうとして、それを止めて、彼女は笑ったんだ。微笑みかけたんだ。

だから僕は、一人、誓った。

「なに？　覚えてたの？　まあ、どーせ今思い出したんだろーけど！　じゃあ、必ず帰るって約束したのも、四月の事も運動会の事も覚えてる？」

「覚えてるよ」

「ほんっと、そういうテキトーなところも、昔っからなんにも変わってない！」

待ち続けるのは辛い。待っていてほしいと言われたわけでもなく待ち続けるのは、最高に辛い。

それでも僕は待ち続けよう、そう誓ったんだ。

だって僕が一番好きなのは……。

「これからは、君が僕を忘れても、僕は君を覚えているよ」

だから成宮さん。君は僕なんて過去に縛られる必要はないんだ。君は前を向いて、自由に生きていいんだよ。

僕もそうするから。僕も前を向いて生きていくから。でも僕は、今度こそ君を忘れたりなんてしないから。

「どうして……？　どうして荻野《おぎの》って、いっつもそうやって、私を惑わせるような事ばっかり言うの！　間違ってるよ！　間違ってる！　転校初日アンタに忘れられたって分かった時、私はアンタなんて最低な男忘れようって思ったのに！　でも忘れられなかった！　どうにかして、一度でもいいからアンタを振り向かせたかった！」

ヒュードドンッ

花火が、暗い空に打ちあがる。周りに居た人達は歓声をあげた。皆が揃《そろ》って花火の打ちあがる方向を向く。

それはとても綺麗《きれい》な花火だった。僕はその花火を、懐かしいと思った。

そして僕達だけが、この場所から取り残されたように、互いの顔を見つめている。

「だけど、やっぱりアンタは凜しか見てない！　もう間違ってる！　アンタって存在自体間違ってる！」

「そうだね。僕は間違っていたみたいだ」

「え？」

僕は、そう言って微笑んだ。成宮《なるみや》さんの頬は、幾筋もの涙で濡れている。僕は彼女の手を放した。僕は自由になったその右手で、彼女の頬を伝う涙を拭いながら、言った。

「目を閉じたら、凜《りん》しか思い浮かばないのに、忘れようとか間違ってる」

「……っ！」

　すると、成宮さんは、唇を強く噛《か》んで、なにかを言おうとした。だけれど首を横に振って、それから訴えかけるようにこちらを見て、最後には不器用に笑う。

「……そ、そうよ！　私は、凜に一直線のアンタが、大好きなんだから！」


　そう言えば、昔もこうやって、凜と夏祭りに行ったっけ。

　夏祭りの日。君はやっぱり笑わなかったけれど、それでも。

　凜はとてもとても、この夏祭りを楽しんでいたような気がする。

　……あれ？　頭の中で、勝手に昔のビジョンが始まった。

†　†　†

　夏祭り当日。

　僕は六時半になると、凜の家の前にあるインターフォンをがむしゃらにひたすら押しまくった。

ピンポーン　ピポピポピポピポピポピポピポピポピンポーン

凛《りん》よ、外に行こうではないか。だって僕が夏祭りに行きたいんだから。

そんな僕の自己中心的な考えから、凛がこれによってどんなに気分を害しているかなど考えもせずに、ひたすらインターフォンを押していたように思う。

今思い返せば、つくづく僕って自己中心的だなあ。

さすがの凛もそのうるささに耐えられなくなったのか、鉄格子を無理矢理動かしているかのように重たそうな手つきで扉を開いた。少しだけ開いたその扉からは、陰鬱な表情をした凛が見えている。僕はそんな顔をした凛でも、可愛いと心からそう思った。

「なに？」

「凛っ！　今日はなんの日だと思う？」

「十三日の金曜日」

「夏祭りだよ！」

ん？　なにか言った？　僕にはなにも聞こえなかったよ。

「だから凛っ！　今すぐ浴衣に着替えるんだ！」

「まあ、行ってあげても……いや、ううん、行かない。行かないから！」

凛はそう言って扉を閉めようとしたが、僕はそれよりも先に扉の間に右足を突っ込み凛の動きを止める。凛はそれでも構わずギリギリと僕の足をそのままひき潰す勢いで扉を閉めようとするが、僕はそれになんとか耐え忍ぶ。

「行かないって言っているでしょ！　ばか！」

「さっき行くって言いそうになったじゃん！」

「言ってない！　出てけ！　あっち行け！」

凜は次に、扉に挟まっている僕の足を蹴ってきた。だが、僕はめげない。

「ファイトおおおいっぱあああ」

「近所迷惑！」

そう言われると黙るしかない。

「もう。ま、まあ？　五月蝿《うるさ》いから、隣の人が出てきたら困るし、仕方ないから行ってあげる」

凜は本当に仕方なく行くのか、それとも行きたいけど実は行きたくない風を装ったツンデレプレイなのかは分からないけれど、とにかく扉から手を放す。僕はその扉を今がチャンスとばかりに摑《つか》み、開いた。凜はスタスタと奥の部屋まで行って、姿を消す。僕の視界いっぱいに、凜の住まいが見える。

良い匂いがする。これは凜の匂いだ。ソープの匂い。清潔感溢《あふ》れるその玄関には、綺麗《きれい》に靴が二足並んでいる。玄関の目の前には、細い廊下がある。その先には扉があり、あの先に、凜が居るのだろう。

「おお……」

これは……このまま家に上がってもいいのではないだろうか。

もう、僕と凜《りん》って付き合っていると思うんですよ。そしてそれって、結構公認だと思うんですよ。だから、ねえ。付き合っている女性の家に少しくらい入っても、ねえ。

罰当たりませんよねえ。

「おっじゃまっしまーす♪」

小声で僕はそう言うと、そっと靴を脱ごうとした。そろりそろりと凜に気付かれぬよう、片方の靴を脱ぐ。まだ一応、凜を警戒して玄関の扉は開けたままだ。だが、もうその必要もないだろう。僕は脱いだ足を廊下にのせた。

すると、扉が突然開き、中から凜が現れる。

「お風呂にする？　ご飯にする？　それともわ・た・し？」

とてつもなく低音ではあるが、とても素敵な言葉が聞こえてきた。僕は迷わず即答する。

「りーん！」

「りょーかい！」

「ぐほあああああっ！」

思いっきり助走をつけて、凜は僕の所に飛んできた。僕にはそれが、はっきりと見える。

凜が飛ぶ。両足から僕の腹に突っ込んでくる。僕はそのまま開いていた扉から吹っ飛ばされる。僕はアパートの鉄柵にぶつかった。絶望的なまでの痛みが襲いかかって来る。

「り、凛っ……」

ぶっちゃけ、今の行為によって響き渡った騒音の方がはるかに近所迷惑ですよ、はい。

「準備が終わるまで、入ってくるなばーかっ！」

バタンッ
怒ったように、扉が閉まる。

「ふっ……これで僕の動きを止めたつもりか……浅はかかな」

僕はまだ諦めない。いや、いい加減諦めるか。これはなかなか立てるようになるまで時間が掛かりそうだ。

ジンジンと、蹴られた腹が痛む。まあ、凛は暴力的だが力は弱い。

「大丈夫ですか？」

凛の隣の部屋の扉が、少し開いていた。そこから、男性が僕の事を心配そうに見つめている。年齢は、四十歳ほどか。仕事から帰って来たばかりのサラリーマンのようで、まだスーツ姿だった。どうやら、隣から聞こえてくる音が尋常でないと判断し様子を見に来たようだ。

「あ、え、まあ。大丈夫ですよ。気にしないでください」

「本当ですか？」

あまりに心配そうな顔をしている。これは、僕が本当に心配する必要などどこにもないのだとアピールする必要があるだろう。

そこで、嘘《うそ》ではあるが、殴られたままの体勢で僕は言った。

「ええ……だって僕、マゾですから」

すると、さっきまで心配していた男性は、そっと扉を閉めた。


「それにしても、その浴衣、似合っているね。ちょっと待った甲斐《かい》があったよ」

「べ、別に、似合ってない」

「似合っていると思ったから似合っているよって言ったんだよ」

「似合ってないっ！」

「そこで否定しちゃうところが可愛いね」

「死ねっ！」

白地に、水玉の浴衣。凛《りん》はどうやら、こんな浴衣を持っていたようだ。着付けも一人で完璧に出来るようで、僕が玄関の前の廊下でひたすら凛を待っていたら、二十分ほどでこの姿になって出てきた。なんだかんだ、嫌がっていたくせに浴衣まで着て、凛はノリノリだ。一体いつの間にそんな浴衣を買ったのだろう。見た感じきっちりノリも付いていて新

品なのだが、気のせいだろうか。

一方、誘った僕は、Tシャツにジーパン。

うーん。まあいっか。

「凜《りん》ってさ、なにか得意なのある？　射的とか。好きなのでもいいよ」

「金魚すくい」

「あれ得意なの？　凄いね！　僕全然獲れないよ」

「全匹獲っておじさんを困らせて出禁くらう代わりに、おじさんの今後の生活を想像するのが楽しくてたまらない」

凜のちょっと楽しそうな顔が可愛いけど、なんにも聞いてないよ。僕なんにも聞こえてないから。

僕の鼓膜には超高性能自主規制フィルターがついていて、凜の美しい言葉だけがそのフィルターを通過するのさ。

「あっ。金魚すく――」

「凜！　あんな所に射的があるよっ！」

「え？　金魚は？」

「射的で競争しようよ。どっちがいっぱい景品とれるか」

「むっ……まあ、いいけど」

凛はむすっと頬を膨らませたまま、近くにあった射的に向かう。どうやら、凛は金魚すくいが大好きなようだ。そんな凛に金魚すくいをやらせないのは鬼の所業かもしれないけれど、ドSな凛をこれ以上開花させないためにも今は違うなにかをするに限る。

「じゃあ凛！　競争だよ！」

僕達は射的のおじさんにお金を払い、互いに銃を握る。ぶっちゃけ、どっちが勝つかなんて僕にはどうでもいいのだ。僕はただ、凛の真剣に楽しむ姿が見たいだけなのだから。

僕は隣で銃を構える凛を見る。凛は僕の視線に気付かないまま、適当にそれっぽく銃を構えている。凛は最初こそどう構えるか試行錯誤していたが、どうやら一番その体勢が落ち着くらしい。体に銃を密着させ、凛は軽そうなアニメのキャラかなにかのフィギュアを狙っていた。

凛は片目を閉じ、引き金に指をかける。パチン、と軽い音を立てて、コルクが飛び出した。フィギュアに弾は当たり、一度大きなその頭を後ろに傾かせるが、重さで元の立ち位置に戻ってしまう。

「い、今っ！　当たった！　当たったのに！」

凛は隣に居た僕に興奮気味に言った。ゲームに本気になるその姿が、凄く可愛らしい。

「じゃあ、次は僕がやるね」

僕は同じフィギュアを狙う。射的は、小さい頃から結構やってきたから自信はある。的もそこまで大きくないし、軽そうだ。決して倒せないものではない。

僕は引き金をひく。弾がフィギュアに当たった。フィギュアはその弾の勢いで、後ろに動く。そのまま倒れると、僕はふうっと息を吐いた。

「まあ、こんなもんだね」

「むっ……むむむむ」

僕はそう言って、凛を見る。凛は怒ったのか、頬をぱんぱんに膨らませている。そのまま僕を睨《にら》みつけ、その後そっぽを向いた。完全に、怒ってしまったようだ。

「凛《りん》も出来るよ。もう一回撃ってご覧」

「荻野《おぎの》が上から目線で私に指図するとか、百年早いっ！」

「凛は可愛いね。大好き。愛してる」

「可愛くないっ！」

「可愛い」

「外でそういうの言うな馬鹿！」

「家ならいいの？」

「死ねっ！」

凛は顔を赤らめたまま、銃口を違う景品に向ける。今度も似たような景品だが、凛は先ほどと同じように狙いを定め、発射する。弾がフィギュアに当たり、フィギュアが落ちた。凛はふふんっと鼻をならし、口を開く。

「私だって、本気を出せばこの通りよ」

「凛のそういう負けず嫌いなところも、大好きだよ。アイラブユー！」

「負けず嫌いじゃないっ！」

「まずそこから否定する？」

「じゃあアイラ……とか気持ち悪いの外で言うな！」

「アイラブ凛っ！」

「だっだからっ！」

「お前らええ加減他所《よそ》でやれ」

……出禁をくらった。

「荻野のせいだから！　荻野が外で変な言葉叫びまくるからドキュンだと思われたじゃない」

「出禁ってあるんだね、ホントに」

こんなに簡単に出禁ってくらうもんなの？　僕人生で初めて出禁をくらったんだけど、こんなにあっさり出禁ってしてもいいの？

「少なくとも、私は悪くないから！」

「いや、元はと言えば全て凛が可愛いからいけないんだよ！　愛してる！」

「そういうの言うから出禁くらうの！」

「じゃあこれからは言葉じゃなくて体で愛を伝えるよ」

凛《りん》はそこで、一度なにかを想像したのか、茹蛸《ゆでだこ》のように顔を赤らめて怒り出す。

「ば、馬鹿！　変態！」

「知ってる！」

「開き直るな！」

僕達の恋は確かに、周囲からは認められるものではないかもしれない。でも、よく言うじゃないか。

恋って、障害があるほど燃えるって。

「荻野《おぎの》のは只《ただ》のドキュンなんだよ！」

殴られた。どうやら凛は、僕の心を読む能力まで習得したらしい。痛いけれど、これならまだまだセーフだ。

凛は浴衣姿だからだろう、あまり動きは速くないし、大きな動きは出来ない。武器も所持している様子はないし、今日は平和な一日が過ごせそうだ。

「今日って、どうしてこんなに沢山の人が集まっているのか知ってる?」

僕は、ここでちょっと凛を試してみる。

これが今日のメインイベントだ。ずっと、恋人ができたらしたかった事があった。今日こそ、それを僕は実現させるのだ。

凜は不思議そうな顔をして、首を傾ける。凜は祭り自体には何度か行った経験があるだろうが、このお祭りは初めてだろう。何故なら凜は去年の九月に転校してきたばかりで、このお祭りに来たはずがないからだ。となると、このお祭りがどれだけ大きなお祭りなのかというのも、知らないに違いない。

「そろそろ時間なんだよね。ちょっとそこら辺の石段に座ろっか」

「どうして？」

「まあまあ。僕のデートプランに抜かりはないんですよ」

「これはデートじゃないっ」

何故かそこを即座に否定される。いえいえ、これは立派なデートです。

「じゃあデート以外のなんだって言うの？」

「えっと……その、これはただの……散歩？」

「二人きりで散歩してくれるなんて、凜は優しいね。でも知ってる？　男女で散歩するっていうのは、別名デートって言うんだよ」

「なんでもポジティブ思考に持ってくな！　散歩って言ったら散歩なの！」

この際凜がどう思っていようが関係ない。

僕は近くにあった石段に座る凜の目の前に堂々と仁王立ちをして、高らかに宣言した。

「そして！　ここからが本番！　デートらしいデートの大本命！」

ヒュードドンッ
花火の一発目、大きな赤い花火が、お祭りを鮮やかに彩る。

「花火大か――――」

「荻野《おぎの》邪魔っ！」

ドドンッドンッ
花火の音が虚しく響く。僕は凜《りん》の前からすすっと黙って退く。花火は次々に夜空へと打ちあがった。僕は凜の隣に静かに座ると、顔色を窺《うかが》う。

凜は、空に光る花火に魅入られたのか、脇目もふらず花火を見ている。スマイル型の花火やハート型の花火、大きな花火に、連続して何発も打ちあがる小さな花火。どんな花火も、凜は一発漏らさずその目に焼き付けたいのか、じっと見続けている。

「きれいだね」

僕は、そっと声を掛けた。凜はこっちを見ない。口だけを動かす。

「まあ、そうね。ついてきた甲斐《かい》、あったかも」

「凜、僕がお祭りに誘ってくるって、事前に予想していたんでしょう？」

凜が、焦ったようにちょっと動く。

僕が来て、なんの躊躇《ためら》いもなくすぐに浴衣に着替えられる。その理由は、それしかない。

元々部屋のどこかに用意されていたのだ。そして、僕が来るのを待っていた。

きっと、自分から誘うのは嫌だったから、誘われるのを待っていたのだろう。しかし浴衣を着て待っていたら、行く気満々みたいな子になってしまう。だから凜は洋服姿のまま、僕が来るのをひたすら待っていた。

凜は、そういう子なんだよね。

凜はどうしようもなく不器用で、生きるのが下手糞《へたくそ》で、自分から人と関わる事を極端に避けている。やりたくても、一緒に行きたくても、そういう素直な気持ちを自分から言い出せない。

だから凜は、ただただ待っている。

自分を、いつか誰かが迎えに来てくれるんじゃないかって。

それって一見すると受動的で我儘《わがまま》な子なんだけど、僕自身もそう思わなくもないけれど、彼女のそういう不器用なところも、好きだから。

だから、何度でも迎えに行くよ、僕は。

君になにを言われても、きっと君は他の誰よりも本当は、寂しがりやさんだから。

「……どうせ、荻野は私がなにを言っても、私をここに来させる気だったんでしょう？」

凜は静かにそう言った。僕は笑顔で頷《うなず》く。

「うん。だから、来年も一緒にお祭りに行こう？」

気が早いとは思ったけれど、来年は今年みたいにもどかしい思いをさせたくなくて、僕は言った。

来年は、玄関のインターフォンを押したら、浴衣姿の凜《りん》が待っている。そういう、恋人として当たり前の事を、僕は凜にしてほしかった。

「……ばーか」

花火がフィナーレに突入する。凜は寂しそうな顔をした。花火が終わるのが寂しいのか、それ以外のなにかが寂しいのか、僕には分からない。

凜は目を細め、自分の左手をきゅっと強く握りしめた。

「荻野《おぎの》が、その約束をずっと覚えていてくれたら、また一緒に来てあげる」

花火が終わる。夜空には真っ白な煙が充満していた。観客は皆立ち止まっていたが、やがてぞろぞろと動き始める。僕達は石段に座ったまま、互いの顔を見つめ合う。

「絶対に忘れないよ。当たり前でしょ？　だって」

「だって？」

僕は微笑んだ。

「僕はずっと、君を好きな自分でありたいから」

「……」

「それが、人を好きになるって、いう事でしょ？」

君は人と関わるのを避けているから知らないのかもしれない。でも、普通の恋愛ってそういうものだと思うよ。

忘れられる事を恐れて誰とも関わらなかったら、それこそ忘れられてしまうのではないのだろうか。今まで、誰かに忘れられた経験があるのかもしれない。だけど、本当に凛の事が大切だったら、なにがあっても忘れないはずなんだ。

「だから凛も約束してよ」

僕は、ずっと言いたかったけど、今まで言えていなかった言葉があった。好きとか、愛しているとか、そういう言葉は簡単に言えるけど、凛を責めるような言葉はどうしても言いたくなくて。

でも、そういうのって逃げているって事だよね。凛と本気で向き合っていないって事だよね。君のいけないところを注意すら出来ないっていうのは、これからの僕達にとっても良くないと思うから。

「どんなに絶望しても、君だけは傷つく事を恐れないでよ」

君は、クラスメートが話しかけてもどこか他人行儀だ。僕と出会った時も、君は僕を信じていなかった。信じたせいで傷ついた過去があったんだと思う。だからそうやって人と関わるのを避けて生きているんだと思う。

でも、君の周りに居る人達はそんなに冷たい人達だとは思わないよ。運動会の時だって、みんなは君に話しかけてくれたじゃないか。

君は優しい人だ。不器用なだけで、本当の君は寂しがりやで泣き虫で打たれ弱い、傷つきやすいから強情張っている、ただの女の子なんだよ。

そういう女の子は、全部信じられないって、信じないって言って生きる方がずっと大変だと思う。人を憎んだり恨んだりするのって、簡単じゃないんだ。それは辛いんだよ。誰かを信じて、助け合って生きる方がずっと楽なんだ。そしてそれは悪い事じゃない。

「……そんな簡単に、言わないでよ」

「簡単じゃないのは分かっているよ。今までの生き方を変えるっていうのは簡単じゃない」

「忘れられても、その度に傷ついても、私は立ち上がらなきゃいけないの？　そんなの辛いだけじゃない」

「じゃあ今の生き方は辛くないの？　そうやって自分を納得させて、自分に嘘《うそ》吐《つ》いて生きるのは辛くないの？」

凛《りん》は視線を僕から逸らした。凛は小さく口を開くと、僕にぶつかるように言葉を吐く。

「荻野《おぎの》は無責任だよっ！　忘れられて、取り残されるのは私だけなんだからっ！」

「それでも立ち上がってよ。無責任かもしれない。だけど僕は凛を忘れないから」

「……嘘」

「嘘じゃない。僕は君を忘れない」

「賭けてもいい。荻野はいつか私を忘れる！」

「なら僕も賭けるよ。僕は君を忘れない。なにがあっても、絶対に」

「この世に絶対なんて存在しない！」

「じゃあ僕が証明してみせるよ、この世に絶対は存在するって」

凜は言い返さなかった。僕は凜を安心させる意味も込めて微笑み、ポケットから一つの箱を取り出す。凜はその箱を不思議そうに見つめた。僕はその箱を目の前で開けると、凜に見せる。

「だから約束の証。凜へのプレゼント」

これは、この前せっせと貯めたお小遣いで購入したハートのシルバーネックレスだった。中学生のプレゼントとしてはかなりの値段だったのだけれど、どうしても凜にプレゼントしたくて、他の全てを我慢して購入したのだ。

「つけてあげよっか？」

僕はそう提案した。でも、凜は恥ずかしいのかふるふると首を横に振る。

「いいっ。そもそも、まだ受け取るなんて一言も」

「そこから？」

折角お金を貯めて買ったのに、貰《もら》ってくれないっていう選択肢もあるの？

「まあ、仕方ないから貰ってあげる」

「じゃあつけていいよね？　凜後ろ向いて？」

「嫌だ」

「なんで？」

「荻野《おぎの》のために後ろ向くとか面倒くさいっ」

なんて我儘《わがまま》お嬢様だ。

「じゃあ正面からつけるね」

そう言って、僕は両手にネックレスのホックを片方ずつ持つ。そして凜《りん》の首元までそのネックレスを持っていくと、ホックを引っかけるために手を寄せた。

凜の顔が近い。近いなんてもんじゃない、目の前だ。僕はあまりの近さにいつもの冗談をかます余裕もなくなって、思わず目を逸らす。

「――――っ」

手が震えて、ホックが引っかからない。ネックレスなんて日頃つけないから、ただでさえ慣れない手つきなのに、凜があまりに近くて集中出来ないからどうしようもない。

凜の爽やかな匂いがした。凜の首筋の体温を感じる。凜も恥ずかしいのか、頬を紅潮させて俯《うつむ》いていた。

「はっはずっ」

やがて凛は、わなわなと口元を震わせながら、叫ぶ。

「は、恥ずかしいからやめろお！」

凛は両手でドンッと思い切り僕の体を押す。僕は軽く吹っ飛び、地面に尻餅をついた。

凛は荒い息をつきながら、つかつかと僕の前までやって来ると、僕の持っていたネックレスを強引に引っ手繰る。

「私にネックレスをつけようとするなんて、やっぱり百年早い！」

凛は無造作にネックレスを首に掛けると、なんの迷いもなくホックを引っかけた。流石《さすが》は女の子、慣れた手つきだ。僕が立ち上がりながら凛を見ていると、凛は口を尖《とが》らせて言う。

「ま、あ……その、あり……がとう。さっきはその、突き飛ばして……ごめんなさい」

凛が謝った。それはもしかしたら、初めてかもしれない。

なんだか僕は、今ならなんでも許されるような錯覚を起こして、思わず凛に近寄った。

凛は僕がすぐ隣まで来ると、僕を見る。

僕はそんな凛にそっと笑いかけると、そのまま凛の頬に軽くキスをした。

凛の柔らかい頬に触れる。僕は幸せな気分になりながら、優しく話しかけた。

「じゃあ、これで仲直りね？」

凛《りん》は状況が呑《の》み込めていないのか、目を丸くして自分の頬を押さえる。しばらくして、やっと状況を理解したのか僕を潤んだ瞳で見て声を漏らした。

「ふぁ、ふぁあああああ？」

「ぐほおっ！」

凛は間髪入れず僕の腹に右足をめり込ませる。僕はそのあまりの威力に、その場でぴくぴくと痙攣《けいれん》しながら倒れ込んだ。

どうやら、凛の怒りは尋常じゃない。よほど怒っているのか、なんなのか、顔を真っ赤にして自分の頬をまた触る。それからますます顔を赤らめた凛は、気の済むまで二十数回僕の事を蹴りまくり、言った。

「……私にキ、キスをする、なんて……千年、いや万年早い！」

「ぐっぐはあ……」

僕は意識が遠のきながらも、凛のそんな言葉が聞こえてきた。

凛は首の辺りを右手で触りながら、赤面した顔のまま俯《うつむ》く。声もどこかいつもの力強さが感じられなくて、僕は鈍痛に耐えながらもその姿が印象に残る。

凛の右手は、きちんと、僕が先ほど付けてあげようとしたハートのネックレスに触れていた。

そして最後、僕の耳にはこんな声も聞こえてきた。

「……ばーか」

凛《りん》のその顔は、写真に収めたらさぞかしベストショットになるだろう。おそらく、僕の写真コレクション上位三位以内には入るに違いない。

僕はそんな事を思いながら、白目を剝いた。

最終章　ホント、ばーか。

出会いはほんの些細《ささい》な事で。そんな出会いが歪《ゆがみ》を生んで、僕達の人生の歯車は回りだす。

それはきっとどこにでもある、そんなありふれた話。でもそれが、僕にとっては、波瀾《はらん》万丈《ばんじょう》のように感じられるのだ。

それは僕が、まだ短い人生しか生きていないからなのかな？　でも長く生きたからって、みんながみんな、僕と同じような経験をしているとは限らないと思うのだ。

成宮《なるみや》さんが少し落ち着いた所で、僕達は祭りから少し離れた石段に二人並んで腰かけた。昔、僕の隣に居たのは凜だった。だけど、今隣に居るのは成宮さんだ。それが変な感じがして、なんだか落ち着かない。

昔ここで殴られた。昔ここでネックレスを渡した。そしてここでキスをした。

「……そっか。そんな事があったんだ、凜は」

「うん」

僕は成宮さんに、凜について知り得た事実を話す。成宮さんは驚いていなかった。むしろ、腑《ふ》に落ちた表情をしている。

「で？　凜《りん》のそれは、今もまだ治ってないのかな？」

「それは、分からない。会って訊《き》いてみないと」

「そうね」

「一つ疑問なんだけど、成宮《なるみや》さんはどうして凜をこの二年間忘れなかったの？　そんなに仲良かったっけ」

そこまで仲良かったなら、僕は成宮さんをもっと知っていてもおかしくない。成宮さんは僕の記憶だと、いつも元気な女の子と一緒に居るイメージで、あんまり凜のような女の子と仲良くしていた記憶がなかった。

「それは……凜とたまに話していたってのもあるけど……その」

「その？」

「ずっと、見ていたから」

「凜を？」

それは驚きだ。どうして凜を見ていたんだろう。

「……羨ましかったから、二年間ずっと」

「え？」

「なんでもない！　気にしないで！」

成宮さんは慌てたようにそう言った。

「そう」

「凛の居場所、知りたい？」

成宮さんから言ってくる。いつ切り出そうかと悩んでいたのだが、まさか成宮さんから切り出してくれるとは思っていなかった。

「……教えてくれないかな？　お願いです」

僕は真剣に尋ねる。成宮さんは一呼吸おいてから言った。

「鈍足だからなー。どうしよ？」

成宮さんは笑顔だ。無理して笑っているのだろう。声もいつもより明るい。

「駄目？」

成宮さんは横目で僕を見て、ふんと鼻を鳴らす。

「駄目って言っても、どーせ荻野《おぎの》はあらゆる手で私から住所を聞き出そうとするんでしょ？」

「まあ、その通りなんだけど」

「私はもう荻野の事なんてなんとも思ってないし、つきまとわれるだけ迷惑だから、教えてあげる！」

「あ、ありがとう」

怒ったように腕を組みながらそう言った成宮《なるみや》さんは、浴衣の衿元《えりもと》から一枚の紙を取り出す。それを僕に向かって突き出すと、言った。

「ここに、凛《りん》の住所が書いてある。でも、良いの？　これで」

凛と一緒に居るという選択は、決して楽ではないと言いたいのだろう。それはきっと、僕が今想像している以上に、これから大変な事態が沢山起こるのだと忠告しているに等しい。

「いいんだよ。だって昔、凛と約束しちゃったしね」

「なんて？」

それは叶《かな》えられるかも分からない約束。

だけど、今度こそ、叶えたい。

「一緒にまたお祭りに行こうって」

この世に永遠はないって、誰かが言った。この世に生きる結構な数の人間が、それを信じていると思う。だけど、それは出来ない自分から逃げているだけのような気がするのだ。どうせ出来ないって、そう思うための言いわけに過ぎない気がするのだ。

永遠には色んな形があって、みんなにとっての「永遠」が、必ずしも自分にとっての「永遠」ではないという事も、あると思うから。

「そうやって、いっつも大変な道ばっかり選択するんだね、荻野《おぎの》は」

「成宮さんも人の事言えないよね」

「……確かに」

成宮さんは思い出したように顔を歪《ゆが》めると、思い切り笑った。僕もそれにつられて笑う。

僕は思う。

恋って、よく分からない。

凛に会うまでは、僕自身完璧を求めていた。誰もが羨む人生を歩み、なんの苦労もなくすいすいと泳ぐようにして生きていくと。それが一度失敗を知った僕にとって一番の幸せで、僕を育ててくれた両親も、僕を支えてくれた人達もきっと喜んでくれる道なのだと。

けれども、凛に出会ってそうでもないのではないだろうかと考える時が増えた。そして僕は今こうして、かつて自分の想像していた人生とはかけ離れた人生を選択している。

不思議とそれに対して後悔はない。

しなかった後悔より、した後悔の方が、ずっと軽いのだと思う。

「私も、凛を絶対に忘れないから。なにかあったら私を頼ってね」

「なにも成宮さんがそこまでしなくても」

「いいの！　振られちゃった以上、くよくよしても仕方がないもん。それに二人には幸せになってほしいから！」

「……変わっているね、成宮さんは」

僕がもし凛《りん》に振られたら、そんな風に考えられるだろうか。凛には確かに幸せになってほしいけれど、僕は成宮《なるみや》さんのように、笑顔で送り出せるだろうか。

「もう！　これ以上なにか言ったら叩《たた》くから！　荻野《おぎの》は、凛だけをこれから考えて」

「りょーかい」

これ以上の言葉は、不毛な気がした。

僕が石段から立ち上がると、成宮さんも立ち上がる。成宮さんは僕に心配をかけたくないのか、ずっと微笑んだままだ。僕にはむしろそれが申しわけないのだけれど、二人の人を同時に選択は出来ない。僕はなにも言わなかった。代わりに僕は、ふと考える。

思えば凛は、花火のような人だった。

僕の目の前で咲き誇り、僕を魅了し、一瞬で消えていった。

凛がかつて居たその場所には、煙のような靄《もや》がかかっている。僕は何度も頭の中で凛という輝きが目の前に咲き誇っていた事を思い出しながら、普通の日常を過ごしていく。

でもきっと、靄はいつか晴れて、またその場所で、綺麗《きれい》な花火が咲き誇る日が来る。それには少しの時間が必要だけれど、それぐらいの時間があった方が、よりその花火が美しく見えたりもする。

「ねえ、荻野。約束だよ」

成宮さんは僕に向かってそう言うと、続ける。

「凜を、互いに忘れないって。どっちが長く凜を覚えていられるか、競争しましょ？」

僕は成宮《なるみや》さんに微笑みかけると、静かに頷《うなず》いた。

「ああ。約束だ」

† † †

次の日。

僕はと言うと、また、あの総合病院を訪れていた。

理由は決まっている。麻利亜《まりあ》に会いに行くからだ。それは最早、僕の日課になっていた。

僕は今まで幾度となく通った病院の廊下を歩く。もう誰に尋ねなくとも、最短距離で、迷わず麻利亜の居る病室に行けた。何年と通《かよ》った病院だ。もう僕は、この病院の構造を知り尽くしている。

「うぃっす。久しぶりー」

だけど、今日はいつもとは様子が違うようだった。

そこには、小学生時代の友達だった、楠田裕翔《くすだゆうと》が居た。

「久しぶり。ってか、どうしたの？」

「荻野の方こそ、まだ神田《かんだ》さんのお見舞いちゃんと来ていたんだな」

「まあ……」

「部活の先輩が怪我で入院しちゃってさ、後輩としては行かないわけにはいかなくて。そのお見舞いに来たついでに、寄ってみた」

病院の廊下で、淡々と裕翔《ゆうと》は語る。裕翔は、昔からこういう奴だ。

ドライな人間、というか、結構あっさりしている。気まぐれでもあり、あまり人に興味を持たない。裕翔は小学生の時からずっとサッカーをやっていて、親が教育熱心で勉強もよく出来た。裕翔は小学生の時は黒髪だったが、髪を染めたのか茶髪になっている。髪色が違うだけでこんなに印象が変わるものなんだな、と思った。一瞬誰だか分からなかったくらいだ。

「もう、麻利亜《まりあ》に会ったのか？」

「いや。まだだけど。一応確認だけど、脳の障害っていうか、精神的なものは全く改善していないの？」

「……ああ。昔と変わらないままだ」

「そっか」

裕翔は可哀想だ、とか、そういう言葉は絶対に口にしない。だけど僕は、そんな裕翔が、小学生の時は好きだった。きっと裕翔は、偽善が嫌いなのだろう。

「俺はさ、別にお前を励ましたいわけでも、憐《あわ》れんでいるわけでもないけどさ」

裕翔は廊下の壁に寄りかかりながら、ジーパンのポケットに両手を突っ込む。これは、小学生の時からの彼の癖だ。

裕翔は、頭を壁につけて、ふうっと息を吐くと、言った。

「神田《かんだ》さんの事故を、お前が背負う必要なんてどこにもないからな？」

彼から、そんな言葉が出てくるなんて、思ってもいなかった。だって、彼は。

僕はその場に立ったまま、応える。

「背負うっていうより、支えなきゃなーって思うんだよね。麻利亜を見ていると」

「それが背負っているって意味だよ。お前はさ、神田さんの居場所がなくなるのが怖いんだろ？　みんなに忘れられていく、独りぼっちで入院生活を続けている神田さんに、胸を痛めているんだろ？」

「まあ、そうなのかな？」

僕は曖昧に返事をする。裕翔は言った。

「お前は間違いなく、俺達クラスメートの中で一番神田さんを想っていたよ。神田さんについて考えてあげていたよ。そんなお前が後ろめたいと思う理由なんて、なにもないだろ。神田さんの事故によって今尚苦しんでいる奴なんてお前くらいしかいねーんだよ。どうして、一番神田さんに尽くしていたお前が、まだ苦しまなきゃいけないんだ」

「じゃあ、僕は忘れればいいの？　麻利亜を。僕が忘れたら、誰が麻利亜のお見舞いに来てくれるの？」

「お前のそれはお見舞いって言わねーんだよ。ただの懺悔《ざんげ》だ。そんなの思いやりでもなんでもねーよ、ただの自己満足だろう」

その通りだった。僕は、僕自身が許されるために、ここを訪れる。

「自分を認識出来ない奴のためにお見舞いに行って、それが途切れたらどうするかって？　どうもしねーよ。ただ、お前が来なくなったって事実が残るだけだ」

「なんだか、そうやって言われると寂しいね」

麻利亜《まりあ》は、独りぼっちなんだと思う。今もずっと、彼女は独りぼっちの世界で生きている。僕はそんな麻利亜の隣に、居てあげたかった。それが無意味であっても、そうしてあげたかった。

「来ないなら来ないで、お前は後ろめたさが残るんだろ？　一ヵ月くらい来ないでいると、様子が気になってしょうがなくなって、結局またここに来るんだろ？」

「多分ね」

「お前は、この病院に縛られているだけなんだよ」

「だろうね。僕もそう思う」

僕は肯定しか出来ない。

「ここからは俺の推測だけど。神田さんは、お前がそんな風になるのを喜んでいないだろうし、神田《かんだ》さんのご家族だって、それを望んでないと思うけど?」

「そうは言っても、じゃあどうすればいいんだろう」

「簡単だろ。お前は前を向いて歩きだせばいい」

それが簡単だったら、どんなに良かっただろう。それが簡単ではないから、僕は今ここに居るのだ。

でも、裕翔《ゆうと》の言う通りだと思う。裕翔の言葉は、どれも僕の心に突き刺さる。

「誰も縛られる必要なんてなかったんだよ。あれはただの、事故だったんだ」

きっぱりと、裕翔はそう断言した。あれは事故だった、彼はそう言った。

事故以外のなにものでもない。誰も予想出来なかった、避けられなかった事故だと。

「そう考えられる、お前が羨ましいよ」

僕はそう思えない。あれは避けられた事故だった。麻利亜を誰も追い込まなければ、誰かが麻利亜の味方をすれば、避けられた事故だった。

「そうか?」

「ああ」

「みんな、あれは避けられなかった事故だって思っている。お前だけだよ、そう考えられないのは」

「でも!　裕翔はずっと麻利亜が好きだったじゃん!」

「……」

　僕はここが病院だと分かっていたのに、叫ばずにはいられなかった。周りには誰も人が居なかったから注意はされずに済んだが、裕翔《ゆうと》は黙ったままだ。

「避けられなかっただろうかって、こんな結末にならない方法はあったんじゃないかって、考えた事は一度もないの？　本当に？　一度も？　好きだったんだろ？　どうして、裕翔はいつもそういう感情を表に出さないの？」

「……」

　裕翔が、麻利亜《まりあ》を好きだったのは、僕自身小学生の時から気付いていた。麻利亜を見る目が他の人とは違うと言うか、普段人の話を滅多にしない裕翔が、唯一麻利亜の話だけはよくしたから。麻利亜の事が多少なりとも気になっているのだろうと、思っていた。

　裕翔は、麻利亜が入院するようになっても、病院に来てくれなかった。何度かクラスメート達でお見舞いに来たが、そこに彼の姿はなかった。

　何人かの生徒は、裕翔がお見舞いに行かないのを薄情だと言った。僕はそう思えなかった。裕翔の気持ちに気付いていたから、尚更に。

「僕が憎かったんじゃないの？　どうして助けなかったって、思ったんじゃないの？　あの時麻利亜を助けられたのは僕だけだった。でも僕は助けられなかった」

「思うわけがないじゃん。俺はそもそも、本当の意味でなにもしていない。ただ見ていただけだ。だから、見ていただけじゃない、きちんと行動している荻野《おぎの》を、誰にも憎む権利なんてないんだ」

彼はようやく反論したかと思えば、自嘲気味に笑う。

「むしろ荻野。お前こそ、俺達を憎んでないの？　俺達はお見舞いにちっとも来ない。麻利亜を忘れている奴すら居る。お前は、そんな薄情な俺らが憎くないの？」

「憎くないよ。僕だって、忘れちゃった過去が沢山ある。そのせいで、つい最近も女の子を傷つけちゃった。結局、自分だけは麻利亜を絶対に忘れない！　とか言っておいて、僕は他の色んな過去を忘れているんだ、馬鹿みたいだろ？」

「まあ、誰かを忘れたら薄情だっていうのは、所詮綺麗事《きれいごと》なのかもな。俺だって、今まで会った全ての奴らを思い出せるかって言われたら、ノーだし」

「それでも、忘れちゃいけない過去はあるんだと思う、内容は人それぞれだけど」

「だな」

僕は、成宮《なるみや》さんとの約束を忘れるべきではなかった。成宮さんはあの時、僕に向かって「ただいま」と言った。僕は、あの時点で気付くべきだった。

僕には、直さなければならない部分が沢山ある。もっと、大切にしなければならないものが、僕にはあるのだ。

僕は裕翔に尋ねる。

「正直、後悔している？　麻利亜《まりあ》ともっと、話しておけば良かったとか。思い出作っておけば良かったとか」

「うーん。どうだろうなあ」

それは素朴な疑問だった。その質問は僕がただ訊《き》きたかったから訊いただけだ。

裕翔《ゆうと》は、僕の質問に答えない。代わりに、僕に背中を向けた。どうやら、どこかへ行くつもりらしい。麻利亜の居る病室は、僕の立っている方向にある。このままでは、麻利亜の病室からは遠ざかって行ってしまう。

「え？　麻利亜に、会わないの？　折角ここまで来たのに」

てっきり顔を出すと思っていた僕は、動揺する。

裕翔は照れたように僕を見て笑うと、言った。

「好きだった奴が、見られたくないだろう姿を、わざわざ見る必要なんてどこにもないだろ？」

だから、今まで裕翔はお見舞いには来なかったのか。

昔の麻利亜なら見られたくなかっただろう姿を、見ないであげていたのか。それが裕翔に出来る、最大限だったのか。

遠ざかるその背中を見て、僕は裕翔に言葉をぶつける。

「……それでも、お前を見たら、麻利亜は喜ぶと思うよ！」

しばらくして、乾いた声が返ってくる。

「今では俺を、認識も出来ないのに？」

裕翔が言っているのは正しい。裕翔はいつだって正しいんだ。

でも、この世界は正しいものだけで成り立っているとは限らない。

そういう、正しい言葉だけで、全ては成り立っているんじゃないんだ。

「きっと、裕翔が来てくれたら嬉《うれ》しいと思うよ。心のどこかできっと。久しぶりに会えて良かったって！」

「それはお前の理想論だろ。現実は」

「理想論で良いんだよ……かっこつけんなよ」

何度もお見舞いに来たら全てがチャラになるなんてあり得ない。お見舞いに行くという行為は無駄なのかもしれない。

それでも一度は、裕翔にお見舞いに来てもらいたかった。

「じゃーな」

裕翔は今度こそ、振り向いたりはしない。裕翔は頑《かたく》なに、僕の言葉を受け入れはしない。彼の頑固さは、小学生の時から健在だった。

僕は彼の背中を見つめる。彼は、迷いのない足取りで、僕の前から姿を消した。

† † †

そして僕は、今まで幾度となく開けてきた、その白い扉をスライドさせた。すると、いつものガラガラという軽快な音が、僕の鼓膜を震わせる。

「麻利亜《まりあ》。お見舞いに来たよ」

いつもの掛け声をして、僕は病室の中へと入る。

これは僕も最近聞いたのだが、麻利亜は退院が決定したらしい。まあいつも、家に帰ってはまたすぐに病院に戻るのだから、今回も自宅療養の時間なんてごく僅かなのだろう。僕は別段、退院については気にしないようにする。

「あ。お母さん」

「さっき、久しぶりに裕翔に会ったよ。あいつ茶髪になっててさ、一瞬誰だか分からなかった」

「お母さん。この漫画、とっても面白かった！　次の巻は？」

「麻利亜、聞いてくれる？　僕ね、凜《りん》に会いに行こうと思うんだ」

「あ。まさか、新刊まだ出てないのかな？」

「麻利亜は、責めないの？　僕を。今しかもう、責められないよ？」

「あのねっ。私、数学も勉強始めたの。凄いでしょう？」

「僕は君の気持ちに返事をしないで、君の手も握らなかった」

「しかも私、数Ⅱも始めたのー。数学って面白いねっ。私、国語より数学の方が好きっ」

「ずっと後悔していたんだ。君を守れなかった過去を。ごめんな？　本当に、ごめん」

「お母さんっ」

僕の声は、麻利亜には届かない。麻利亜は相変わらず笑っている。僕を安心させようとしているかのように、笑っている。

僕の声は届かないんだ。これはきっと、僕の自己満足に過ぎないんだ。

「頭をね？　私の手が届くくらいまで近づけて？」

「え？」

僕に向かって、なにかを指示するような事を、麻利亜が入院生活を送るようになってから口にしたのは初めてだと思う。麻利亜はいつも、ずっと自分の話かお母さんの昔話しかしなかったはずだ。

僕は不思議に思いつつも体を麻利亜に近づけた。麻利亜はそんな僕の頭に両手をのせて、ゆっくりと撫《な》でた。恥ずかしくなって、僕は顔を伏せる。なんだか、麻利亜の手は優しくて、心地よかった。

「痛いの？　哀しいの？」

そっと、麻利亜は問いかける。久しぶりだ、こんな風に麻利亜と会話っぽい話が出来るのは。もしかしたら、今なら、麻利亜《まりあ》に僕の声が届いているのかもしれない。

僕は答えた。

「痛くないよ。ただちょっと、寂しいだけ」

麻利亜はずっと、僕の頭を撫で続けていた。その手をそっと止めると、麻利亜は言う。

「じゃあ、寂しいの寂しいの、飛んでけー！」

「え？」

「苦しいの苦しいの、飛んでけー！」

僕は、いろいろ分からなくなって、いろんな思いが込み上げてきて、顔を上げる。目の前には麻利亜が居た。麻利亜は、僕にそっと微笑む。

「私が、苦しいのも、哀しいのも、全部全部、吹き飛ばしてあげるから。だからずっと、笑顔で居て？　ね？」

「麻利亜……？」

麻利亜が僕を見ている。麻利亜が他ではない、僕を見ている。

「たー君は、笑顔が素敵なの。いっつもいっつも笑ってる、それがたー君なの」

「麻利亜？　麻利亜？」

僕が分かるのか？　そんなのはあり得ない。君には脳の障害があって、僕を認識出来ない。それは傍に居たのに守れなかった僕に非があり、君はなにも悪くなかった。

僕は君を守れなかったよ。僕達の恋は、実らなかった。君はこれからもずっと、この真っ白な部屋で日々を孤独に過ごすのだろう。僕はそう思うと、一歩も前に進めなかった。自分だけが前を見ては、いけないのではないかと、思っていたのに。

「お願いだから、私のせいで、傷つかないで？　哀しまないで？　苦しまないで？」

「僕は」

「私が勝手にっ、私の好きでっ、ここに居るんだから！　たー君は、苦しまないで？」

きっと、心のどこかで、僕は気付いていた。

だけどそれは、苦しみから解放されたい僕が都合の良いように想像した、そうであってほしいという願望なんだと思っていた。

麻利亜の病気が、仮病だなんて。

そんなのは現実逃避甚だしいと、思っていた。

「違う。僕が苦しいんじゃない。僕は」

僕はひたすら首を横に振る。

君が苦しんでいると思ったから、それが苦しかったんだ。僕は君の心友だったから、心友が傷ついている姿を見て、哀しかったんだ。

そしてそれが、全てはあの時、僕が彼女の手を握れていたなら、回避出来たのではないかと思ったら、余計に。僕があの時、もっと君のためになにかしてあげたなら運命は変わったかもしれないと思ったら、余計に。

「私が、心配されたくてっ、やったの。でもね？　結局、駄目だった。無駄だった。駄目だったのに、たー君にまで迷惑かけて、傷つけて、私サイテーだね？」

「最低じゃない。僕は、麻利亜《まりあ》を最低だって思った事なんて一度だってない！」

麻利亜のお母さんは、入院費を稼ぐために毎日働いて、麻利亜の見舞いに来る余裕なんて殆《ほとん》どない。麻利亜は徐々にクラスメートにも忘れられて、今ではお見舞いに来るのなんて、僕一人だ。

それを、哀しいと言わなくて、苦しいと言わなくてどうする。

「ごめんな？　ごめんな？　僕こそ、ごめん」

自然と涙が溢《あふ》れ出てきた。どうして、その疑問を口に出来なかったんだろう。

それを訊《き》く勇気が持てたなら、もっと早く麻利亜の哀しみを軽く出来たかもしれないのに。

「たー君の声、全部、全部、届いてたよ？」

僕は叫び出したい気持ちをぐっと堪えて、泣いた。麻利亜の両手に包まれながら、泣いた。

ああ、そうか。全部届いていたのか。

僕の気持ちは全部、麻利亜に届いていた。麻利亜はずっと、僕の気持ちに耳を傾けていてくれた。あの時の返事だって、全部、彼女に届いていたんだ。

「嬉《うれ》しかったよ、たー君？」

僕も、嬉しいよ。君とまた、こうしてお話が出来たのだから。

「僕はずっと、麻利亜を忘れないよ。麻利亜の味方だよ」

「私もずっと、たー君の味方だよ？　泣かないで、たー君」

「無理だよ、そんなの。泣かないでいるなんて、無理だ」

鼻声でそう言う。僕は鼻を啜《すす》りながら、麻利亜の温もりを感じた。

全ては、終わった話かもしれない。

この恋は、ずっとずっと昔の話。

僕の初恋は、甘酸っぱくて、ほろ苦い。

「たー君がずっと泣いていると、私も泣きたくなっちゃうよ？」

麻利亜は、僕の頭に自分の頭をそっとのせ、一筋の涙を流す。麻利亜は僕を抱き寄せて、力いっぱい抱きしめた。

「たー君は、私のために涙を流してくれる、一番大切なお友達」

「寂しくなかったかい？　苦しくなかったかい？」

「ずっと寂しくなかったよ。だってたー君が、隣に居てくれたから」

「痛くないの？　哀しくないの？」

「たー君が哀しんでいる顔を見ると、哀しくなるよ？」

「ごめんな？」

「笑って。たー君は笑っている姿が、一番だから」

僕は顔をあげた。麻利亜《まりあ》と目が合う。麻利亜の茶色い瞳が、涙で潤んでいる。僕の頬は涙でぐしょぐしょだった。僕は不器用に笑ってみせると、麻利亜も笑う。

「最初から、居たのにね？　どうして小学生の時は、気付けなかったのかなあ？」

そして麻利亜は、言った。

「ずっとたー君は隣に居てくれたのに、どうして私は、お母さんに振り向いてもらいたかったんだろう？」

「麻利亜のお母さんだって、ずっと麻利亜の心配、しているよ？　麻利亜が元気にならないかって、ずっと麻利亜を」

「うん。知ってる。知ってるよ？　今なら、分かるもん」

「じゃあ、もう大丈夫か？」

「うん。私、今度こそ、この病院には戻らないから」

「ああ」

「いつか、遊園地連れて行ってね」

「約束だぞ？」

「うん。約束。指切りげんまん」

そう言って、麻利亜は右手の小指を差し出した。僕はその小指に、自分の小指を絡ませる。

その指は、温かかった。まだ、間に合うと思った。みんなに追いつけるような気がした。

「ゆーびきーりげんまーんうっそつーいたらはーりせんぼんのーますっ。ゆーびきった！」

暖かな日差しが、窓から差し込む。空はどこまでも青く澄み渡っている。真っ白な入道雲が、窓を横切った。

――――これは、僕の初恋のお話。

† † †

次の日の朝、僕は鞄《かばん》を持ち、予約しておいた新幹線に乗り込む。久しぶりの遠出に母はびっくりしていたけれど、別段止めはしなかった。新幹線代はあくまで僕のお年玉から出ているし、僕の学校は夏休みに入るのが早いため、今日から夏休みだったからだ。朝、僕は一人でこっそりと起き上がり朝食を食べ、必要そうな物を鞄に詰め込んで出掛けた。

今から向かう場所に、凛《りん》が居る。

それがたまらなく不思議だと感じた。今まで二年間、どんなに頑張っても手に入れられなかった情報が、凛が、すぐそこにある。それが不思議でたまらない。

もしかして、また引っ越したとかはあるのだろうか。いや、でもこれは凛の母親情報だ。間違いである可能性は低い。きっとそうだ。凛はきっと、ここに居る。

新幹線は僕を乗せ、物凄いスピードで動いていく。僕は持っていたヘッドフォンを着け、好きな音楽を聴きながら窓の外を見る。こういう時は、なにかが耳の中で絶えず流れていないと落ち着かない。我ながら悪い癖だ。いつかは直さねばと思う。そこで僕は耳の健康を考え、音量は陰鬱な気分の時の半分くらいのボリュームにしておいた。

そんなこんなで、やがて新幹線は長いトンネルの中から抜け出した。真っ暗だったつまらない景色が、その瞬間色鮮やかな世界へと変わる。僕の目の前には今、大きな海と山がいっぱいに広がっていた。

澄み渡る青い空。太陽の光を反射して輝く、青い海。

鳥の声でも聞こえてきそうな深緑の木々に、大きな山。

「なんだ。君は、こんなに綺麗《きれい》な所に住んでいたんだね……」

なんだか、心配して損したような気がする。もしかしたら今までずっと、僕だけが取り残されていたような気分でいたのかもしれない。ようやく追いつけたという安堵《あんど》が、僕の全身を駆け巡る。

するとふいに、目から涙が出そうになった。そこで僕は、頭をぶんぶんと左右に振って、自分の頬を両手でパシパシと叩《たた》く。

どれだけの時間、新幹線に乗っただろうか。

ねえ、凜《りん》。

僕はまた、想像の中の凜に向かって話しかける。

君はここで、また一人ぼっちで暮らしているの？

また、誰かと助け合いながら暮らすのを避けているの？

そうやって、どんどん自分から一人ぼっちになっていくの？

いいや。きっと違う。そんな予感がする。

凜はここに必ず居る。

君は必ずここに居て、ここではいろんな人に囲まれて普通に暮らしている。僕は、そんな気がしてならないんだ。

君はきっとここで、沢山の美しいものを見てきたに違いないんだ。

下を見ると、そこには三人ほどの高校生らしき女子生徒が並んで歩いている。きっとこの近くに、学校があるのだろう。僕はいよいよ、久しぶりの再会に柄にもなく緊張し始めた。

でもきっと、凛はここで、普通に暮らしている。僕が望んだような、当たり前の暮らしをしている。絶対に、そうだ。そうじゃなきゃならない。

凛は、たとえそこに僕が居なくても、笑って暮らしていなくてはならないんだ。

そりゃ、勿論《もちろん》僕が居る方が百万倍良いだろうけれど。

やがて新幹線は、目的の駅に着いた。そういうわけで僕は、鞄《かばん》を持って新幹線を下りる。

その駅は、都会に比べたら随分と小さな駅だった。これが新幹線の止まる駅なのだろうか。まるで、ただの電車のホームみたいに見える。ここは都会っ子の僕にとっては、いや、確かに田舎生まれではあるけれど、初めて見るようなものばかりだった。

僕は駅員に切符を渡し、改札を出る。

それにしても、本当に綺麗《きれい》な場所だ。都会には絶対にない、深緑のふわふわとした木々に、甲高い透き通った鳥の声。遠くの方では海が綺麗な粉を振りまいたように光り輝いていて、白い太陽は、眩《まぶ》しいくらいその町を照らしていた。

凛の家は住所によると、ここからもう一本、ローカル電車に乗った所にある場所のようだ。

そこで凛はきっと、友達に囲まれながら、普通の日常を送っている。

そうだ。きっと、そうだ。

今の凛は普通の高校生として、実に当たり前の日常を送っている。友達と笑いながら、通学路を歩いている。そんな気がしてならないんだ。

僕は電車を乗り換え、目的地であるその場所へと向かおうと思った。ローカル電車の駅が物凄く小さいのに、僕は物凄い抵抗感を覚える。駅名が書かれている白い看板には赤い錆《さび》が付き、駅のホームには当然のようにあるはずの屋根がない。そして、二十分も待ってようやくやって来た白い電車は、目を疑うほど小さいものだった。

二両しかない車両に、ぽつぽつと数人だけが乗っている電車。走行速度も都会の半分くらいの速さで、止まる駅全てが当たり前だが知らない駅だった。

でも、車窓から見える景色は都会より一千倍は綺麗で、空気も物凄く澄んでいて、夜にはきっと、沢山の大きな星が見えるに違いなかった。

そう言えば、星なんていつから見ていないだろう。都会に居ると、星なんてものとは無縁になる。よし、決めた。いつか、凛《りん》と一緒に見よう。

まあ、こういうところも、良いのかもしれない。当の僕は六歳になるまで田舎に住んでいたのだが、その記憶はもう曖昧だ。でもまあ、こういう所は嫌いじゃない。方言は……多分無理だけど。六歳になっても一切方言を習得出来なかった僕には、方言というものは難題だ。でも、その理由は大体分かる。両親は田舎に住んでいても、なぜか共通語を喋《しゃべ》っていたから、僕は共通語に耳が慣れてしまったのだ。多分それが、僕が方言を習得出来なかった理由だと思う。

僕は、二十分ほどその電車に揺られていただろうか。やがて目的の駅に辿《たど》り着《つ》き、慌てて電車を下りた。

今、君に会いに行くよ。凜。

君が僕の前から消える直前、僕に笑顔を見せてくれたその理由が、今なら分かる気がする。面白いくらい、分かっちゃうような気がするんだ。

二年間離れ離れに暮らしていたからこそ、分かるような気がするんだ。

だから、君の変わった姿を見に、僕は君に会いに行くよ。

「でも、この住所ってどこだ……？」

初めて来る場所に、僕は戸惑いを隠せない。都会のように目立った標識とか目印があるわけでもないし、なにを辿ればいいのか分からない。

ローカル電車を降りた途端、僕は早速迷子予備軍に陥っている。

いや、でも住所さえ分かっていれば、なんとかなるはずである。この住所、家のパソコンでちょこっと調べた感じ、ただのマンションとかではないらしく、どうやら旅館のようなのである。

もしかしたら、旅館の隣にあるとかそういう話なのかもしれないけれど、この住所が旅館の近くであるのは間違いない。

今日は平日だ。凜はもしかしたら学校なのだろうか。今の時刻は午後一時。新幹線でおにぎりを食べたからお腹は空いていないが、もし今日が学校なのであれば、この時刻は学校に居るのが普通である。でもまあ、居なかったら居なかったで、中で待つなり方法はあるはずだ。

僕は、家でそれなりに調べた地図を見ながら歩いていく。地図を見る限り、徒歩二十分と言ったところだろうか。

すると、制服姿の下校途中らしき生徒があちらこちらで見受けられた。もしかしたら、今日は終業式かなにかで、午前授業だったのかもしれない。となると、もしかしたら凜も、もう下校途中かもしれない。

この近くにある高校なんて、一つしかない。僕はそれもリサーチ済みだった。となると、凜《りん》は僕のすぐ近くに、居るのかもしれなかった。

「りん……！」

もう、立ち止まってなんかいられない。後ろを振り向いたりなんかしていられない。

僕はもう、逃げるのはやめたんだ。

諦めるのはやめたんだ。

だから、僕は走る。どこまでも。だって、だって、だって！

ようやく、凜に会える……！

「凜っ！」

僕はただ、がむしゃらに走りまくる。両端にずらりと木が植わっているこの並木道を、ひたすらに。

白い鳥が、僕の頭上を横切った。すると僕の身体には、その白い鳥の影が一瞬だけスッと映る。でも僕は、そんなの気にもせずに、ただただ走り続けた。

ねえ凛。

君はなにを思い、なにを考え、なにを感じて今日まで生きてきた？

辛い過去もあったと思う。哀しい過去だって、沢山あったに違いない。

でも僕達は、きっと進まざるをえないのだろう。現に今僕が、こうしてがむしゃらに走っている。

そしてその力が、僕達の失った当たり前を、また違った形で創り直していくのだろう。

なにが正解かなんて、僕には分からない。

だから進んだ過去を、後悔する日がいつか来るのかもしれない。そんなのは、今の僕には分からないけれど。

僕はそれでも、前へと進んでいくのだろう。

君が僕の前で、笑い続けるその限り。

僕の前を、三人の女の子がくっ付きながら並んで歩いている。

その女の子達は、水色のセーラー服を身に纏《まと》い、楽しそうに笑いながら、当たり前のようにたわいのない話に花を咲かせているようだった。
そして僕は今、その真ん中に居る少女の長い黒髪に、懐かしさを感じている。
彼女はかつて、僕に向かって笑いかけながら、こう言った。
『ホントにっ、なんでもないから。ばーか！』
そう。僕は馬鹿だ。
そして君も、それと同じくらい大馬鹿だよ、凛。
思わず、涙が出てきそうになった。ソープの匂いが、ここからでも分かるかのような、
そんな錯覚がした。
でも、これは夢じゃない。
だから僕は、今度こそ、彼女に向かってこの名を呼ぼう。

「りーんっ！」

僕は立ち止まり、力いっぱい、大好きな人の名を呼ぶ。
ねえ凛《りん》。
僕達はどれだけ間違い、迷い、そして傷つけ合っただろう。
互いに互いを想い、願い、信じ合っていたはずなのに。一体僕達はどこで、道を外れて

しまったんだろう。

眩《まぶ》しいくらいに照り輝いている太陽。青く光り輝く広大な海。深緑の葉を揺らしながら、この世界に息づいている沢山の木々。緑色いっぱいの大きな山に、蟬《せみ》のミンミンとけたたましく鳴くその声。

長い黒髪をした少女は、その名を呼ばれて振り返った。

「荻野《おぎの》……」

僕は目に涙を溜《た》めながら、その少女に力いっぱい笑いかける。

そして僕はその瞬間、ある言葉が口を突いて出た。

「やっと……スタート地点だね」

ゴールなんて、本当はどこにもないのかもしれない。でも、僕達の物語は、ここからまた始まる。

もう一度初心に返って、まっさらなキャンバスに一つの絵を描くように。

僕達の物語は、ここからが始まりなんだ。

「もう。忘れちゃったかと思った」

凜は僕を見つめながら、安堵《あんど》の笑みを漏らす。僕もそれを見て、また笑った。

僕達は幾度となく迷い、間違い、すれ違い、そしてその度に互いを想い合って生きてきた。二年という長い月日の中で、僕達は実に様々な葛藤を繰り返してきた。

ねえ凛《りん》。

僕は何度、君の残像にそう呼びかけてきただろう。君が居たはずのその場所に、「想像」と言う名の「偽り」を投影してきただろう。

凛の背後にある旅館には、沢山の向日葵《ひまわり》が咲き誇っている。僕はそれを見て、ふと昔、僕が凛に教えた花言葉を思い出す。

『私の目はあなただけを見つめる』

ドラマチックだと思わないか？　向日葵の花言葉って。

本当。笑っちゃうぐらい、僕達にぴったりだと思わないか？

僕は右手の甲で両目を擦《こす》り、それからもう一度笑った。凛も僕の顔を見て、嬉《うれ》しそうに笑う。

やがて僕達は、互いに触れ合えるくらいの距離まで近づき、そして共にまた笑い合った。

「凛、あのさ」

君は、変わったよ。君は、それに気付いていないのかもしれないけれど。

君は変わった。ちゃんと、笑えるようになったじゃないか。

「世界が君を忘れても、僕は君を忘れないから！」

僕は君を絶対に忘れない。僕だけは、君を忘れない自分でいたい。

僕はずっと、君を好きでいたいんだ。

またもう一度、こうして凜と話せるなんて夢のようだった。今でも、自分の身に起きている事が信じられない。

でもきっと、これからはずっと、僕達は一緒のはずだ。

「ホント、ばーか」

僕はそれを聞いて、改めて自分の目の前に居る人が凜なのだと、強く、強く実感する。

君ならここで、「ありがとう」とは言わないよね。そこが可愛くて、僕の好きな凜だから。

「あっはははは っ。でも、凜が勝手に僕の前から消えたのは許さないから」

すると凜は口を尖《とが》らせ、そっぽを向く。

「迎えに来るのが遅いっていうのも、十分に怒りの対象だもの。でも、まあ。消えた私にも非があるかな……？」

「そうだよ。せめて、お母さんは隣に住んでいるって教えてくれてもよかったよね。てか、どうして成宮《なるみや》さんには教えて僕には教えないかな？」

「……教えてなかったっけ」

「とぼけないでよっ！　まあ」

僕はその言葉を聞いて、いつものように、アレを凜に催促しようと思う。それは、かつて何度も口にしてきた言葉。その度に君が返した、あの言葉。

もう一度。あの言葉が聞きたいんだ。

これが夢なんかじゃないと、自分に言い聞かせるために。

だから。

「凜《りん》だから……キスしてくれたら、許してあげる」

「死ねっ！」

凜は悪態をつき、それから上を向いた。

「ネックレス、似合っているよ」

「……そんな事、ない」

凜の胸元では、シルバーのハートのネックレスが輝いている。そして僕はそのネックレスに、確かに見覚えがあった。それが僕にはとてつもなく嬉《うれ》しくて、視界が余計にぼやけてしまう。

「毎日つけてくれてたの？」

「そっ、それはっ」

「ありがとう」

「ふ、ふんっ」

僕達はどうして、二年も互いを想いながら、会えなかったんだろう。

僕達は互いを信じ、互いの幸せだけを願っていたはずなのに。結局、僕達の擦れ違いはなんだったんだ。僕にとって、この二年間とは……一体なんだったんだ。

凛はしばらくの間、ずっと上を向いていたけれど、やがて僕をまた見て、優しく笑った。その瞳は太陽の光のせいなのか、それとも違う理由なのか、ダイアモンドのようにキラキラと光り輝いている。

沢山の向日葵《ひまわり》。白い綿飴《わたあめ》みたいなふわふわの雲。馬鹿みたいに澄んでいる、美しいこの空気。

それら全てに囲まれながら、僕達は今、ここに居る。

それは決して、夢なんかじゃ、ない。

「……ばーか」

大輪の向日葵のような、思わず目を奪われる凛の笑顔。

僕はそんな凛の笑顔を見ていると、自然と笑顔になった。

そして凛は次の瞬間、僕の唇に、自分の唇を重ねてきた。

エピローグ

僕の回想が半分近くを占めるこの物語も、いよいよ終幕を告げる事になった。

ここでは、僕の今現在の状況を伝えようと思う。言っておくと、これは妄想ではない。回想でもなく、幻想でもない。

今僕達の目の前で、起こっている事だ。


「凛《りん》。浴衣、似合っているよ。可愛い」

僕達は沢山の自然に囲まれながら、待ち合わせの場所であったとある神社の境内の前に居た。

凛と再会してから、早くも二週間が経過した。僕はあの後一度家に帰り、親を必死になって説得し、ようやく引っ越しを許可されたのだ。まあ僕の両親は真の放任主義者なため、正直、あまり強く反対はされなかった。

学校も当たり前だがこっちの学校に行く運びとなり、夏休みが終わったら色々大変になるだろう。

　今はまだ、僕は引っ越してはいない。でも、引越先はすでに決まっている。来週には引っ越すつもりだ。

　そして、今日はこの町で行われる一番大きな夏祭りがあると聞いたので、僕は新幹線に乗りここまでやって来た。もう、ぶっちゃけお小遣いがピンチだ。必死で稼いだアルバイト代の全てが、新幹線代につぎ込まれているのではないかという気持ちにすらなる。でもまあ、凛に会うためならこれくらいどうって事ない。

「えっ……。そ、その。これは、その。元々可愛い浴衣だから、可愛いのっ。分かる？」

「僕の目には凛しか見えない。だから僕の口から『可愛い』という言葉が出るのは、凛自身が可愛いんだよ」

「……」

　すると水色の花模様の浴衣を着た凛は、顔を真っ赤にして恥ずかしそうに俯《うつむ》いた。

　凛は変わった。なにが具体的に変わったたか。それは、要するにこれだと思う。

　素直になった。

　うん。これに尽きる。この世には良い言葉があるものだ。

「私の病気は、これからずっと治らないかもしれないよ？」

「まあ、ゆっくり治す方法は考えていけばいいんじゃないかな」

「私は、治らなくてもいいんだけどね」

「どうして？」

ちょっと驚いた。治したくて仕方ないだろうと思っていただけに、理由が気になる。

「……どうしてだと思う？」

凜《りん》は僕を試すように僕の顔を覗《のぞ》き込《こ》んだ。

僕は、右手を凜の左手に重ねる。そして、凜の左手と僕の右手を互いに強く握り締めた。

「ねえ、凜」

「なあに？」

凜。

君が居なくなる直前、僕に笑いかけた理由が、今なら分かる。

風に揺れる麦藁《むぎわら》帽子を、両手で押さえながら見せてくれたあの笑顔。

僕は絶対に忘れない。あの笑顔を、忘れる事は一生ない。

でも僕は、ずっと灰のような二年間、あの日君が笑ったのを責めていた。どうして居なくなる日に、ああやって人を惑わすような笑顔を見せたんだ、と。どうして凜、君はそうやって僕を余計に燃え上がらせるんだ、と。

でも、君は信じていたんだよね。本当は。

君もこの二年間、僕をひたすら待ち続けてくれた。でも、同時に不安もいっぱいあっただろう。

そんな中で、君は笑ったんだ。力いっぱい、僕に向かって。

その理由なんて、たった一つだろう?

「あの日。君が笑ってくれて、ありがとう」

君があの日笑った理由。そんなの、簡単だ。誰にでも分かるような理由じゃないか。

君は僕に、また会えると思ったから、信じていたから、笑ったんだろう?

「ばーか」

凛はどうやって隠し持っていたのだろうか。と言うか、浴衣にポケットなんてあったのか。今時の浴衣は、侮れない。

そんな事を考えている間にも、凛の右手には、見覚えのあるペイントボールが飛び出していた。僕は咄嗟《とっさ》に叫ぶ。

「凛……!」

僕は身構えながらも、凛を牽制《けんせい》するために目を見つめる。あの時のように全身インクまみれになるのは御免だ。まあそれはそれで懐かしい感じがして良いけれど、やっぱり。

すると凛は、クスリ、と笑った。それから小さな声で、俯《うつむ》きがちに凛は言う。

「……荻野《おぎの》に出会えたから」

「えっ？　どういう事？」

突然の凜の言葉に、僕は目を白黒させる。

「さあ？　どういう事だろうね？」

そう言って凜はペイントボールを、すっと浴衣の中に隠す。それからそっと微笑んだ。

「行こ？　一緒に」

凜にそう言われて、僕は不思議と笑顔が零れる。

「うん！」

そして僕達は、互いの手を強く握り締めたまま、今日も前に向かって歩き出した。

《完》

あとがき

この度は数あるライトノベル作品の中からこの本を手に取ってくださり、ありがとうございます。清水苺《しみずいちご》と申します。『真面目に、誠実に』をモットーに、日々を質素に暮らしています。だと言うのに、友人は誰も私を真面目だと思ってくれません。おそらくいつも休み時間にバナナを食べながら下ネタを言っているせいです。バナナ効果怖いです。でも食べます。だって安いのに美味しいんですから。

そんな作者ですが、この度は第三回講談社ラノベチャレンジカップ《佳作》を有難くも受賞させていただきました。こうして本を出版出来ることに感謝しています。二〇一四年最後の思い出に人生初のヘアカラーをしたら誰にも気付いてもらえませんでした。必死にアピールしても「分からない」と一蹴されました。きっと心優しい人にしか茶髪に見えない特殊加工が施されているのでしょう。バイト先の子どもたちは髪色よりもイヤリングを気にしていました。「これってピアス?」と、無造作にぴょんっと跳ねて私の耳からそれを取り上げ楽しんでいましたが、もしそれがピアスだったら耳がちょん切れてますよ? 笑いごとじゃ済まされないですよ?

話を本作に戻して。そもそも、この作品は投稿時『僕と凜の、危険な日常。』というタイトルでした。作中の「刺激も危険もなにもない、この平和な日常を、どこか変えてみたかった」という一文から名付けたように思います。でもこれですと、もうR18小説にしか聞こえないなあと………。

そこで紆余曲折を経て『今日、となりには君がいない。』となったわけですが、このタイトルに惹かれて本を手に取ったという方が一人でもいらっしゃれば、これをつけるまでに過ごした苦悶の日々にも価値があるというものです。


それでは、謝辞を。

講談社ラノベ文庫編集部の方々は勿論のこと、選考委員の竹井《たけい》10日《とうか》先生。まさか授賞パーティーの二次会で先生の方から声を掛けてもらえるとは思ってもおりませんでした。私のために貴重なお時間を使って多くのことを教えてくださったのに加え、個人的な進路の相談にまで親身に乗ってくださったこと、本当にありがとうございました。わざわざ隣の席にまで移動してくださった時、とても嬉しかったです。

そして、本作のために素晴らしいイラストを描いてくださったえいひ先生。えいひ先生が私のデビュー作のイラストを描いて下さるなんて、こんな幸せなことがあるでしょうか。清水苺《しみずいちご》として、一人のファンとして、ありがとうございました。

また、デザイナーの有馬《ありま》トモユキ様。この度はこの作品のために、こんなにも美しいデザインを提案してくださりありがとうございました。えいひ先生と三人でお話させていただく機会をいただけて光栄でした。

それから担当編集の庄司《しょうじ》智《さとし》様。この作品を受賞させてくださったことに加え、何度も丁寧に添削してくださってありがとうございます。私の担当編集が、庄司様で本当に良かったです。いつも思いますが、背を向けて去っていく姿がカッコいいです……。これからも一生懸命頑張りますので、どうか宜しくお願いします。

また、家族、友人、先輩、後輩、大学の先生方、ゼミのN先生。いつも優しく見守ってくださり、感謝しています。

それと、私に多くの助言と声援をくださった先輩作家の皆様、同期にも感謝です。

最後になりますが、この本を手に取ってくださった皆様、ありがとうございます！

二〇一四年十二月　清水苺

夏のさわやかな風が
ふいているような
イラストが描けたらいいな
と思いながらかきました。
ありがとうございました。
Eihi えい〜

講談社ラノベ文庫

今日《きょう》、となりには君《きみ》がいない。

清水《しみず》 苺《いちご》

2015年1月30日第1刷発行

発行者	清水保雅
発行所	株式会社　講談社 〒112-8001 東京都文京区音羽2-12-21
電話	出版部　(03)5395-3715 販売部　(03)5395-3608 業務部　(03)5395-3603
デザイン	有馬トモユキ(TATSDESIGN)
本文データ制作	講談社デジタル製作部
印刷所	豊国印刷株式会社
製本所	株式会社フォーネット社

ISBN978-4-06-381442-2　N.D.C.913　273p　15cm
定価はカバーに表示してあります

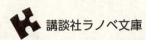